Die drei !!!
Gefahr im Fitness-Studio

Maja von Vogel wurde 1973 geboren und wuchs im Emsland auf. Sie studierte Deutsch und Französisch, lebte ein Jahr in Paris und arbeitete als Lektorin in einem Kinderbuchverlag, bevor sie sich als Autorin und Übersetzerin selbstständig machte. Weitere ›Die drei !!!‹-Bände bei dtv junior: siehe Seite 4

Die drei !!!

Gefahr im Fitness-Studio

Erzählt von Maja von Vogel

Deutscher Taschenbuch Verlag

Weitere ›Die drei !!!‹-Bände bei dtv junior:
Die Handy-Falle, dtv junior 71334
Betrug beim Casting, dtv junior 71335
Gefährlicher Chat, dtv junior 71360
Tatort Paris, dtv junior 71407

Ungekürzte Ausgabe
In neuer Rechtschreibung
2. Auflage Februar 2010
2009 Deutscher Taschenbuch Verlag GmbH & Co. KG, München
www.dtvjunior.de

Umschlagkonzept: Balk & Brumshagen
Umschlagbild: Beate Fahrnländer
Gesetzt aus der ITC Stone Informal 11/14,5'
Gesamtherstellung: Druckerei C. H. Beck, Nördlingen
Gedruckt auf säurefreiem, chlorfrei gebleichtem Papier
Printed in Germany · ISBN 978-3-423-71366-5

Gefahr im Fitness-Studio

Schneeballschlacht und Weihnachtsspeck

»Tschüss, Mama!«, rief Kim und wickelte sich ihren extralangen Wollschal dreimal um den Hals. »Ich bin dann weg!«

Kim hatte die Türklinke schon in der Hand, als sie Schritte im ersten Stock hörte und der Kopf ihrer Mutter über dem Treppengeländer erschien.

»Wo gehst du denn hin?«, fragte Frau Jülich und runzelte die Stirn. »Willst du nicht lieber erst deine Hausaufgaben machen?«

Kim verdrehte genervt die Augen. »Mensch, Mama! Am ersten Schultag nach den Weihnachtsferien bekommt man doch noch nichts auf. Das solltest du eigentlich wissen!«

Frau Jülich arbeitete als Grundschullehrerin und organisierte in ihrer Freizeit Wohltätigkeitsbasare. Manchmal fand Kim es ganz schön anstrengend, eine Lehrerin in der Familie zu haben. Für ihre Mutter war die Schule stets das Thema Nummer eins. Gute Noten waren ihr superwichtig, und wenn es bei Kim oder ihren

Brüdern, den Zwillingen Ben und Lukas, mal nicht so gut lief, brach sie gleich in Panik aus.

Ein Glück, dass wenigstens Kims Vater immer die Ruhe bewahrte. Wenn er nicht gerade als Uhrmacher in einem Juweliergeschäft in der Innenstadt arbeitete, saß er meistens in seiner Hobbywerkstatt im Gartenschuppen und ging seiner Lieblingsbeschäftigung nach: Kuckucksuhren basteln. Dabei verdrückte er gerne jede Menge Schokolade oder Gummibärchen. Kims Vater stand total auf Süßigkeiten – eine Vorliebe, die Kim eindeutig von ihm geerbt hatte.

»Wir waren uns doch einig, dass du dich in Zukunft wieder ein bisschen mehr auf die Schule konzentrieren willst«, erinnerte Frau Jülich ihre Tochter. »Schließlich stehen bald die Halbjahreszeugnisse an, und wenn du deinen Notendurchschnitt halten willst, musst du dich bis dahin noch ordentlich ins Zeug legen. Bei den letzten Klassenarbeiten bist du deutlich unter deinem üblichen Leistungsniveau geblieben.«

Kim seufzte. Warum musste ihre Mutter eigentlich immer diese blöde Lehrersprache benutzen? »Notendurchschnitt« und »Leistungsniveau« waren ihre absoluten Lieblingswörter. Kim wusste selbst, dass sie bei den letzten Arbeiten nicht so gut abgeschnitten hatte wie sonst. Aber sie verstand einfach nicht, warum es so ein furchtbares Drama sein sollte, wenn sie mal ein paar Dreien und vielleicht auch die eine oder andere Vier auf dem Zeugnis hatte. Wen interessierte das schon? Abgesehen von ihrer Mutter natürlich.

Früher hatte sich Kim nachmittags meistens in ihrem Zimmer verschanzt und für die Schule gelernt. Aber seit sie vor einiger Zeit ihren eigenen Detektivclub, »Die drei !!!«, gegründet hatte, war das anders geworden. Gemeinsam mit den beiden anderen Clubmitgliedern Franziska Winkler und Marie Grevenbroich hatte sie schon einige aufregende – und nicht ganz ungefährliche – Fälle gelöst. Erst hatten die drei !!! einen skrupellosen Handy-Erpresser überführt, dann einen dreisten Bestechungsversuch beim Casting einer Mädchenband vereitelt und schließlich kriminelle Machenschaften bei einem Internetchat aufgedeckt.

Die Ermittlungen hatten Kim jedes Mal voll in Anspruch genommen, sodass sie einfach nicht mehr so viel Zeit gehabt hatte, für die Schule zu lernen. Aber das konnte sie ihrer Mutter natürlich nicht erzählen. Die drei !!! hatten beschlossen, dass der Detektivclub erst einmal ihr Geheimnis bleiben sollte, damit sich ihre Eltern nicht unnötig Sorgen machten. Das gestaltete sich allerdings immer schwieriger, je erfolgreicher sie wurden. Sowohl Kims als auch Franzis Mutter hatten bereits unangenehme Fragen gestellt, weil ihre Töchter immer wieder in Kriminalfälle verwickelt wurden. Aber bisher hatten die drei !!! ihre Eltern noch jedes Mal davon überzeugen können, dass das reiner Zufall war und sie nur eine ganz normale Mädchenclique waren.

»Wann steht denn die nächste Klassenarbeit an?«, hakte Frau Jülich nach.

»Erst Ende der Woche«, antwortete Kim widerwillig. »Englisch. Aber bis dahin ist noch ewig Zeit.« Sie drückte die Türklinke hinunter. »Sorry, aber ich muss jetzt echt los, Mama. Franzi und Marie warten bestimmt schon auf mich. Wir wollten uns um drei im Café Lomo treffen. Ich lerne später noch ein bisschen, okay? Versprochen!«

Ehe Frau Jülich antworten konnte, schlüpfte Kim aus der Tür und atmete erleichtert auf. Geschafft! Sie war den bohrenden Fragen ihrer Mutter fürs Erste entkommen.

Draußen wurde Kim von klirrend kalter Winterluft empfangen. Die Kälte prickelte auf ihren Wangen und ihr Atem bildete kleine, weiße Wölkchen. Kim zog sich den warmen Wollschal über Mund und Nase und angelte in ihrer Jackentasche nach den Handschuhen, während sie durch den verschneiten Vorgarten stapfte.

Hoffentlich machte ihre Mutter jetzt nicht jedes Mal so ein Theater, wenn sie sich nachmittags mit ihren Freundinnen treffen wollte. Das könnte echt anstrengend werden …

Zack! Plötzlich sauste ein Schneeball auf Kim zu und traf sie an der Schulter. Ein zweiter verfehlte sie knapp, dafür landete der dritte mitten in ihrem Gesicht. Kim prustete und schüttelte sich. Der Schnee war eiskalt und klebte an ihren Haaren, Wimpern und Augenbrauen. Schnell wischte sie sich mit einer behandschuhten Hand über die Augen, um wieder klare Sicht zu bekommen.

Da tauchten Ben und Lukas mit grinsenden Gesichtern hinter der Hecke auf.

»Volltreffer!«, rief Ben und reckte die Faust in die Luft.

Lukas knetete in Windeseile einen neuen Schneeball. »Attacke!«, krähte er und feuerte das Geschoss auf seine Schwester ab.

Kim ging schnell hinter den Mülltonnen in Deckung. Ihre beiden kleinen Brüder waren manchmal eine echte Plage. Genau genommen nicht nur manchmal, sondern eigentlich immer. Wenn sie nicht gerade irgendeinen Unsinn ausheckten, nervten sie mit ihren neugierigen Fragen oder gingen ohne Erlaubnis in Kims Zimmer und wühlten in ihren Sachen herum.

»Na wartet!«, murmelte Kim mit zusammengebissenen Zähnen und wischte eine Handvoll Schnee vom Deckel der Mülltonne. »Euch werde ich's zeigen!«

Seit der erste Schnee liegen geblieben war, konnte man keinen Fuß mehr vor das Haus setzen, ohne von Ben und Lukas mit Schneebällen bombardiert zu werden.

Kim formte den Schnee schnell zu einer runden, festen Kugel, zielte auf Bens rote Wollmütze, holte weit aus und warf. Treffer! Der Ball knallte gegen Bens Stirn. Während er sich noch verdutzt den Schnee aus den Augen wischte, legte Kim sofort nach und schoss noch zwei Schneebälle auf ihre Brüder ab.

»Feuer einstellen!«, rief Lukas und winkte Kim zu.

Doch kaum war Kim hinter den Mülltonnen hervorgekommen, warf er einen weiteren Schneeball nach ihr, der sie jedoch knapp verfehlte.

»Ihr kleinen Mistkröten!«, rief Kim und sprintete zur Gartenpforte. »Ihr habt Glück, dass ich so spät dran bin, sonst würde ich euch jetzt richtig einseifen!«

»Vorsicht, fette Planschkuh im Anmarsch!«, johlte Ben und Lukas rief: »Dazu müsstest du uns erst mal kriegen! Wetten, dass wir tausendmal schneller sind als du? Du keuchst ja schon, wenn du nur die Treppe raufgehst!«

»Haltet die Klappe!«, rief Kim und warf wütend die Gartenpforte hinter sich zu. »Mit euch Zwergen kann ich es immer noch jederzeit aufnehmen!«

Kim ging schnell die Straße hinunter. Auch wenn sie es sich nicht eingestehen wollte – Ben und Lukas hatten sie mal wieder zielsicher an ihrer empfindlichsten Stelle getroffen. Die »fette Planschkuh« hatte echt wehgetan. Kim seufzte. Bedauerlicherweise hatten ihre Brüder damit nicht ganz unrecht. Ihre Vorliebe für Süßigkeiten hatte dazu geführt, dass sie inzwischen kaum noch in ihre Lieblingsjeans hineinpasste. Und dass sie nicht besonders sportlich war, stimmte leider auch. Bei der letzten Verfolgungsjagd mit den drei !!! war sie hoffnungslos hinterhergehechelt ...

Bevor Kim weiter diesen trüben Gedanken nachhängen konnte, kam zum Glück das Café Lomo in Sicht. Drinnen standen Kerzen in den Fenstern, deren flackerndes Licht auf den schneebedeckten Bürgersteig fiel. Das sah richtig einladend aus und Kim ging schnell hinein. Als sie das Café betrat, schlug ihr warme und verbrauchte Luft entgegen. Kim zog die nassen Handschuhe aus und massierte sich die vor Kälte erstarrten Finger. Das Café Lomo war bei diesem frostigen Wetter gut besucht. An den Tischen und an der Theke saßen dicht gedrängt jede Menge Schüler und Studenten. Das Café war bekannt für seine »Die drei ???«-Hörspiel-Lounges, bei denen sich Fans der drei berühmten Detektive aus Rocky Beach trafen, gemeinsam die Abenteuer anhörten und über Justus, Peter und Bob fachsimpelten. Außerdem gab es im Lomo den »Kakao Spezial« – köstliche heiße Schokolade mit Vanillearoma und einer extragroßen Portion Sahne. Deshalb war das Café nicht nur bei den drei !!! ein beliebter Treffpunkt.

»Hallo, Kim, hier sind wir!«, rief plötzlich jemand über das allgemeine Stimmengewirr hinweg.

Kim entdeckte Franzi und Marie in der Sofaecke. Sie grinste, während sie sich zwischen Tischen hindurchschlängelte. War ja klar, dass sich die beiden mal wieder die besten Plätze gesichert hatten. Die Sofaecke im Café Lomo war einfach supergemütlich.

»Hallo«, begrüßte sie ihre Freundinnen, schälte sich aus ihrer Daunenjacke und ließ sich in einen der weichen Sessel sinken. »Tut mir leid, dass ich zu spät komme, aber ich musste mir erst noch eine kleine Schneeballschlacht mit Ben und Lukas liefern.«

»Du Ärmste«, sagte Franzi. »Mit den Zwillingen bist du ganz schön gestraft, was?«

Kim nickte. »Das kannst du laut sagen. Kleine Geschwister sind echt die Pest.«

»Große Geschwister sind aber auch kein Zuckerschlecken«, stellte Franzi klar und verzog das Gesicht. »Chrissie hat jede Woche eine neue Macke. Im Moment ist sie total im Fitnesswahn und rennt ständig zum Training ins Studio. Gut, dass wenigstens Stefan noch halbwegs normal geblieben ist. Seit er mit dieser Sonja zusammen ist, hat er allerdings auch manchmal den einen oder anderen Aussetzer ...«

»Wir haben schon mal bestellt«, sagte Marie schnell und zeigte auf zwei große Schalen mit dampfendem Kakao. »Möchtest du auch einen ›Kakao Spezial‹?«

Marie war plötzlich blass geworden und Kim hätte Franzi am liebsten gegen das Schienbein getreten. Manchmal benahm sie sich wirklich wie ein Elefant im Porzellanladen. Sie wusste doch genauso gut wie Kim, dass Marie unsterblich in Stefan verliebt war. Marie war gerade erst halbwegs darüber hinweggekommen, dass ihr großer Schwarm seit einiger Zeit eine Freundin hatte. Vor lauter Liebeskummer hatte sie bestimmt ein oder zwei Kilo abgenommen, obwohl sie es am allerwenigsten nötig hatte. Kim seufzte. Manchmal war die Welt wirklich ungerecht …

Leichter Vanillegeruch stieg Kim in die Nase und sie betrachtete sehnsüchtig die im Kakao treibenden Sahnehauben. Sie kämpfte kurz mit sich, dann sagte sie: »Nein, danke, für mich nur ein Mineralwasser.«

Franzi runzelte die Stirn. »Was ist denn mit dir los? Sonst trinkst du doch immer einen ›Kakao Spezial‹ nach dem anderen. Geht's dir nicht gut?«

»Doch, doch, alles in Ordnung«, sagte Kim. »Ich will bloß ein bisschen auf mein Gewicht achten. Über Weihnachten hab ich leider zwei Kilo zugenommen. Mamas Zimtsterne waren einfach zu lecker. Und den Schokoweihnachtsmann von Oma hab ich natürlich auch gleich geköpft. Bei Süßigkeiten kann ich eben einfach nicht widerstehen …«

Franzi zuckte mit den Schultern. »Na und? Man muss sich schließlich auch mal was gönnen im Leben.«

»Ja, aber wenn ich so weiterfuttere, passt mir bald keine einzige Hose mehr«, gab Kim zu bedenken.

»Dann kaufst du dir eben eine neue«, sagte Franzi. »Wo liegt das Problem?«

Kim seufzte. Kein Wunder, dass Franzi sie nicht verstand. Sie selbst war ja auch superschlank und drahtig. Ein total sportlicher Typ. Außerdem konnte sie essen, was sie wollte, ohne ein Gramm zuzunehmen. Dabei machte sie sich überhaupt nichts aus ihrem Aussehen.

»Lass Kim doch«, mischte sich Marie ein und strich sich ihre langen, blonden Haare hinter das Ohr. »Ist doch okay, wenn sie ein bisschen abnehmen will. Ein oder zwei Kilo weniger haben schließlich noch niemandem geschadet.«

»Heißt das, du findest mich zu dick?«, fragte Kim alarmiert. Marie rollte mit ihren violett getuschten Augen. Sie war wie immer perfekt geschminkt – natürlich in den aktuellen Modefarben der Saison. Im Gegensatz zu Franzi legte sie sehr viel Wert auf ihr Aussehen.

»Quatsch!«, antwortete Marie. »Das hab ich doch gar nicht gesagt. Aber wenn du dich mit deinem Gewicht unwohl fühlst, solltest du etwas dagegen unternehmen.«

»Können wir jetzt vielleicht über etwas anderes reden? Es gibt schließlich noch wichtigere Dinge als Kims Idealgewicht«, beendete Franzi das Thema – was Kim nicht ganz unrecht war. Von dem ganzen Gerede über ihre überflüssigen Pfunde bekam sie nur schlechte Laune.

»Genau«, stimmte sie zu. »Zum Beispiel unseren Detektivclub. Wir brauchen dringend einen neuen Fall.«

Marie nickte. »Über Weihnachten war es ja ganz schön, mal ein bisschen relaxen zu können. Aber jetzt könnte es von mir aus wieder losgehen.«

»Stimmt, wir haben uns lange genug ausgeruht«, sagte Franzi. »Leider ist mir während der Feiertage überhaupt nichts Verdächtiges aufgefallen. War bei euch irgendetwas los? Vielleicht ein kleiner Einbruch in der Nachbarschaft? Oder ein gestohlenes Auto? Das wäre immerhin ein Anfang ...«

»Nichts dergleichen«, sagte Marie bedauernd. »Tut mir leid.« Kim schüttelte ebenfalls den Kopf. »Bei uns war auch alles ruhig.«

»Vielleicht sollten wir mal die Zeitung durchforsten«, schlug Franzi vor. »Mit etwas Glück stoßen wir dabei auf etwas Interessantes.« Sie nahm genießerisch einen großen Schluck von ihrem Kakao.

Kim beobachtete sie neidisch. »Gute Idee. Am besten macht das jede von uns in aller Ruhe zu Hause.« Sie riss den Blick von Franzis dampfender Kakaoschale los. »Und was stellen wir jetzt mit dem angebrochenen Nachmittag an?«

»Wie wär's mit einer kleinen Shoppingtour?«, schlug Marie vor. »Ich brauche unbedingt einen neuen Wintermantel. Mit meinem kann ich mich echt nicht mehr blicken lassen.«

»Warum denn nicht?«, fragte Franzi und warf einen Blick auf Maries dunkelroten Kamelhaarmantel, den diese achtlos über die Sofalehne geworfen hatte. »Der Mantel ist doch noch völlig in Ordnung.«

»Natürlich ist er das, er hat ja auch einen Haufen Geld gekostet. Aber er ist nun mal vom letzten Jahr, als Bordeaux *die* Farbe der Saison war«, erklärte Marie. »Diesen Winter trägt man Petrol.« Kim musste grinsen. Das war mal wieder typisch Marie! Sie liebte es, sich neue Klamotten zu kaufen, und legte großen Wert darauf, stets nach der neuesten Mode gekleidet zu sein. Zum Glück war ihr Vater ein erfolgreicher Schauspieler und verdiente mit seiner Rolle als Hauptkommissar Brockmeier in der bekannten Vorabendserie *Vorstadtwache* das nötige Kleingeld, um seiner Tochter jeden Wunsch von den Augen abzulesen.

Franzi schüttelte ungläubig den Kopf. »Heißt das, du kaufst dir jeden Winter einen neuen Mantel, bloß weil die Farbe nicht mehr in ist? Das ist doch total verrückt!«

»Finde ich nicht«, sagte Marie. »Ich nenne das modebewusst. Also was ist, kommt ihr mit? Erst bummeln wir ein bisschen und dann holen wir uns eine leckere Waffel mit heißen Kirschen, okay?«

»Überredet«, sagte Franzi sofort. »Ich stehe total auf Waffeln mit heißen Kirschen. Dafür gehe ich sogar mit dir bummeln.« Kim stand auf. »Dann nichts wie los. Alles ist besser, als zu Hause zu sitzen und todlangweilige englische Vokabeln zu lernen.«

Ein Los mit Folgen

Die Fußgängerzone war trotz des winterlichen Wetters gut besucht. Nachdem sich Kim, Franzi und Marie eine Stunde lang durch überfüllte Einkaufspassagen und völlig überheizte Klamottengeschäfte gekämpft hatten, landeten sie schließlich bei der Waffelbude am Marktplatz.

»Puh, jetzt brauche ich aber dringend eine Stärkung«, sagte Franzi und gab ihre Bestellung auf.

Kim lehnte sich erschöpft gegen einen der Stehtische vor der Waffelbude. »Ich wusste gar nicht, dass Bummeln so anstrengend sein kann«, stöhnte sie. »Mir tun schon richtig die Füße weh!«

Marie machte eine wegwerfende Handbewegung. »Ach, das war doch noch gar nichts. Normalerweise bin ich immer den ganzen Nachmittag unterwegs, wenn ich etwas Neues zum Anziehen brauche.«

»Na, das ist uns ja heute zum Glück erspart geblieben. Gut, dass du gleich im dritten Laden einen Mantel gefunden hast«, sagte Franzi grinsend und nahm eine riesengroße Waffel mit dampfenden Kirschen und einer ordentlichen Portion Sahne in Empfang.

Kim lief bei dem Anblick das Wasser im Mund zusammen und ihr Magen begann vorwurfsvoll zu knurren. Seit dem Mittagessen waren immerhin schon einige Stunden vergangen und sie hatte seitdem – ganz entgegen ihrer sonstigen Gewohnheit – nichts mehr gegessen. Normalerweise naschte sie zwischendurch immer einen Schokoriegel oder eine Handvoll Gummibärchen, aber heute war sie standhaft geblieben. Bis jetzt.

»Was meint ihr, wie viele Kalorien wir wohl gerade beim Bummeln verbraucht haben?«, überlegte sie laut. »Immerhin sind wir ganz schön lange durch die Gegend gelaufen. Das waren doch bestimmt ein paar Kilometer, oder?«

»Auf jeden Fall«, nuschelte Franzi mit vollem Mund. »Meine Füße fühlen sich jedenfalls so an.«

»Prima«, sagte Kim und kramte in ihrer Jackentasche nach Kleingeld. »Dann kann ich mir jetzt ja bestimmt eine klitzekleine Waffel leisten, ohne dass es gleich ansetzt.« An die Waffelverkäuferin gewandt fügte sie hinzu: »Aber bitte ohne Kirschen und Sahne. Nur mit einem Hauch Puderzucker.«

Kaum hielt Kim ihre Waffel in der Hand, biss

sie auch schon hinein und kaute genüsslich. »Hmmm!« Sie verdrehte schwärmerisch die Augen. »Göttlich.«

Da ertönte plötzlich eine Stimme hinter Kim. »Hallo, ihr drei! Darf ich auch mal abbeißen?«

Kim fuhr herum und sah direkt in Michis blaugrüne Augen. Ihr Herz machte einen Sprung und ihr Mund verzog sich automatisch zu einem breiten Grinsen.

Michi Millbrandt war ein guter Freund der drei !!!. Sie hatten ihn bei den Ermittlungen zu ihrem ersten Fall kennengelernt und seitdem hatte er ihnen schon mehrmals in brenzligen Situationen geholfen. Kim hatte sich gleich bei ihrer ersten Begegnung rettungslos in Michi verliebt – bloß dass ihr das damals noch nicht klar gewesen war. Inzwischen war sie sich jedoch hundertprozentig sicher, dass Michi ihr absoluter Traumtyp war. Nur Michi wusste das noch nicht und das sollte vorerst auch so bleiben.

»Hallo, Michi«, sagte sie und hielt ihm die Waffel hin. »Hier, bedien dich!«

Michi nahm Kim die Waffel aus der Hand und biss ein großes Stück ab. »Danke«, sagte er und gab ihr die Waffel zurück. »Schmeckt prima!«

»Kim teilt ihre Waffel bestimmt gerne mit dir«, sagte Franzi und zerknüllte ihre Papierserviette. »Sie ist froh über jede Kalorie, die sie nicht selbst essen muss.«

»Warum denn das?«, fragte Michi erstaunt. »Willst du etwa abnehmen?«

Kim warf Franzi einen wütenden Blick zu. Ihre Gewichtsprobleme waren so ziemlich das letzte Thema, über das sie mit Michi reden wollte.

»Äh ... na ja ...«, stammelte sie. »So ein oder zwei Pfund vielleicht. Hab über Weihnachten ein bisschen zu viele Süßigkeiten gegessen ...«

»Das kenne ich«, sagte Michi und nickte wissend. »Ich hab am ersten Feiertag meinen neuen Chemiebaukasten ausprobiert und dabei meinen ganzen Weihnachtsteller auf einmal verputzt: Zimtsterne, Dominosteine, Spekulatius, Nussplätzchen ... Hinterher war mir richtig schlecht.«

Kim kicherte. Sie konnte sich Michi und seinen leer gefutterten Weihnachtsteller lebhaft vorstellen. Und dass er auch so gerne Zimtsterne aß, genau wie sie, war eindeutig ein weiteres Zeichen für ihre Seelenverwandtschaft.

»Aber du hast es doch gar nicht nötig abzunehmen«, sagte Michi und musterte Kim von oben bis unten. »Ich finde, es steht dir richtig gut, dass du ein bisschen zugelegt hast. Du siehst wenigstens nicht so verhungert aus wie die meisten Mädchen.«

Er lächelte Kim zu, aber Kim lächelte nicht zurück. Am liebsten wäre sie auf der Stelle tot umgefallen. Wenn sogar Michi gleich sah, dass sie zugenommen hatte, musste sie wirklich ganz schön dick geworden sein. Ihr war bis jetzt gar nicht klar gewesen, dass die zwei zusätzlichen Kilo *so* sehr auffielen …

»Was hast du denn?«, fragte Michi besorgt. »Du bist ja auf einmal ganz blass. Alles in Ordnung?«

Kim nickte stumm. Sie war so deprimiert, dass sie keinen Ton herausbrachte. Marie legte ihr tröstend den Arm um die Schultern. Sie hatte natürlich sofort begriffen, was los war. Im Gegensatz zu Franzi, die manchmal ziemlich unsensibel war, konnte sich Marie sehr gut in andere Menschen hineinversetzen.

»Mensch, Michi, du bist ein richtiges Trampeltier«, stellte Marie fest. »Was den Umgang mit Frauen angeht, musst du noch viel lernen.«

Michi sah ratlos von Marie zu Kim. »Wieso? Hab ich was Falsches gesagt? Dann tut es mir natürlich leid …«

Kim räusperte sich. »Ist schon gut«, sagte sie und versuchte, so locker wie möglich zu klingen. »Mach dir keine Gedanken. Mir geht's prima.«

Michi sah sie unsicher an. »Bist du sicher? Ich weiß immer noch nicht, was eigentlich los ist …«

»Gar nichts«, sagte Kim bestimmt. »Alles bestens.«

Ein unangenehmes Schweigen breitete sich aus. Kim betrachtete deprimiert ihre halb aufgegessene Waffel, während Marie mitfühlend ihren Arm drückte. Michi trat nervös von einem Fuß auf den anderen. Franzi runzelte die Stirn und sah in die Runde.

»Tja, dann will ich mal wieder los«, sagte er schließlich und hob kurz die Hand. »War nett, euch mal wieder zu treffen. Bis dann.«

»Tschüss, Michi!« Franzi war die Einzige, die ihm zum Abschied zulächelte. Kaum war Michi hinter der Waffelbude verschwunden, schüttelte sie ratlos den Kopf und sagte: »Jetzt kapier ich überhaupt nichts mehr. Was war denn eben los?«

»Gar nichts«, sagte Kim und drückte Franzi die angebissene Waffel in die Hand. »Hier, schenke ich dir.«

Die Rathausuhr schlug sechs und Marie zuckte zusammen. »Mist, so spät schon? Ich muss los, sonst schaffe ich es nicht mehr pünktlich zu meiner Aerobicstunde.«

Marie wollte Sängerin oder Schauspielerin werden. Darum nahm sie bereits seit Jahren Gesangsunterricht, spielte in der Theater-AG mit und ging regelmäßig zu Dance-Aerobic.

»Ich muss auch nach Hause«, sagte Kim und seufzte. »Englisch lernen. Hab ich meiner Mutter versprochen, sonst hätte sie mich vorhin nicht weggelassen. Und das am ersten Schultag nach den Ferien!«

Franzi sah auf ihre Armbanduhr. »Dann nehme ich den nächsten Bus. Wenn ich mich beeile, müsste ich ihn noch kriegen.« Sie stopfte sich die Reste von Kims Waffel in den Mund.

Die drei !!! marschierten durch die sich allmählich leerende Fußgängerzone zur Bushaltestelle hinter dem Rathaus. Schneeflocken wirbelten vom schwarzen Winterhimmel und tanzten über den vor Nässe glänzenden Dächern. Kim zog sich ihren Schal fester um den Hals.

Kurz vor der Bushaltestelle trat ihnen ein Mädchen in den Weg. Sie trug eine schwarze Jacke, auf der in auffälligen, knallroten Buchstaben *Ritas Gym* stand, und ein schwarzes Basecap mit derselben Aufschrift. Ihre Nase war vor Kälte knallrot.

»Hallo, habt ihr einen Moment Zeit?«, fragte sie und lächelte Kim, Franzi und Marie zu. »Dann könnt ihr bei der Tombola von *Ritas Gym* mitmachen. Es gibt tolle Preise zu gewinnen!«

»Ritas Gym?«, fragte Marie. »Das ist doch das große Fitness-Studio am Bahnhof, oder?«

Das Mädchen nickte. »Genau. Zum einjährigen Jubiläum veranstaltet *Ritas Gym* diese Woche eine große Geburtstagstombola. Ein Los kostet nur fünfzig Cent. Und jedes Los gewinnt!«

»Sorry, aber ich muss zum Bus«, sagte Franzi. »Tschüss, Leute. Wir telefonieren, okay?« Sie winkte Kim und Marie kurz zu und verschwand in Richtung Bushaltestelle.

»Ich hab auch kein Interesse, tut mir leid«, sagte Kim und wollte mit Marie weitergehen, aber das Mädchen hielt sie zurück.

»Wartet!«, rief sie und hielt ihnen eine große Dose hin, die noch fast randvoll mit Losen war. »Könnt ihr mir nicht wenigstens ein oder zwei Lose abkaufen? Ich muss die Dinger bis Ende der Woche loswerden und hab heute kaum etwas verkauft.«

Jetzt tat sie Kim beinahe leid. »Ist bestimmt ganz schön ätzend, bei dem Wetter den ganzen Nachmittag draußen herumzulaufen, oder?«, fragte sie. »Wird das wenigstens anständig bezahlt?«

»Geht so«, antwortete das Mädchen und rieb sich ihre rot gefrorene Nase. »Aber im Moment sind Schülerjobs schwer zu kriegen. Wenn man nicht auf Babysitting steht, hat man keine große Auswahl.«

Marie zückte ihr Portemonnaie und winkte

mit einem Fünf-Euro-Schein. »Also gut, ich kauf dir zehn Lose ab.«

Die Miene des Mädchens hellte sich auf. »Echt? Super! Vielen Dank!« Sie hielt Marie die Dose hin. »Bitte, bedien dich.« Marie griff in die Dose und fischte zehn Lose heraus.

»Vielleicht hast du ja den Hauptgewinn gezogen«, sagte das Mädchen und steckte den Geldschein weg. »Ein Wellness-Wochenende auf Sylt im Wert von fünfhundert Euro.«

Marie grinste. »Das wäre natürlich cool.« Das Mädchen wollte gerade weitergehen, als Marie noch etwas einfiel: »Wo kann ich mir den Hauptgewinn denn abholen?«

»Bei *Ritas Gym* natürlich«, antwortete das Mädchen. »Bahnhofsstraße 25.« Dann verschwand sie in der Dunkelheit.

Kim sah ihr nach. »*Ritas Gym* – was für ein bescheuerter Name. Da laufen bestimmt nur Idioten rum. Ich verstehe sowieso nicht, wie man sich freiwillig jeden Tag an irgendwelchen Foltergeräten abquälen kann und dafür auch noch jede Menge Geld bezahlt. Das ist doch total krank!«

»Das Studio soll gar nicht so schlecht sein. Ein paar Mädels aus meiner Klasse gehen dahin. Sie schwärmen immer von dem großen Wellness-Bereich und dem tollen Service«, erzählte Marie, während sie ein Los nach dem anderen auseinanderfaltete.

»Und? Hast du das Wochenende auf Sylt gewonnen?«, fragte Kim.

Marie schüttelte den Kopf und drückte Kim ein paar ungeöffnete Lose in die Hand. »Hier, hilf mir mal. Bis jetzt waren nur Gutscheine für Fitnessriegel oder Vitamin-Shakes dabei.«

Kim begann, die restlichen Lose zu öffnen. »Noch ein Fitnessriegel-Gutschein«, sagte sie und kicherte. »Hoffentlich macht dein Magen das mit.« Dann war sie beim letzten Los angelangt und stutzte. »Na, so was. Sieh mal, hier!« Sie hielt Marie das Los hin.

»Gutschein über drei Monate kostenloses Training inklusive Fitnessrucksack und Begrüßungspaket«, las Marie laut vor. Sie machte ein enttäuschtes Gesicht. »Mist, das Wellnesswochenende auf Sylt wäre mir lieber gewesen.«

»Stimmt«, gab Kim zu. »Aber immerhin kannst du jetzt drei Monate umsonst bei *Ritas Gym* trainieren. Du hast doch gerade selbst gesagt, dass das Studio gar nicht so schlecht sein soll.«

»Ja, klar, aber ich bin eigentlich schon ganz gut ausgelastet, was Sport angeht. Ein- bis zweimal pro Woche Dance-Aerobic und mein regelmäßiges Schwimm- oder Lauftraining. Außerdem haben wir ja zu Hause unseren eigenen Fitnessraum. Wenn ich Muskeln aufbauen will, brauche ich nur in den Keller zu gehen. Warum sollte ich mich da extra aufs Fahrrad schwingen und zum Bahnhof radeln?«

Kim zuckte mit den Schultern. »Weiß ich auch nicht. Tja, dann hast du wohl gerade fünf Euro zum Fenster rausgeschmissen. Es sei denn, du willst dich in der nächsten Zeit ausschließlich von Fitnessriegeln ernähren.«

Marie betrachtete nachdenklich das Los in Kims Hand. Plötzlich hellte sich ihre Miene auf. »Weißt du was? Ich schenk dir das Los! Wäre doch schade, wenn das kostenlose Training verfällt, oder?!«

Kim zog eine Grimasse. »Du meinst, *ich* soll in ein Fitness-Studio gehen?«

»Na klar, warum denn nicht? Du wolltest doch sowieso ein bisschen abnehmen. Dann ist Sport genau das Richtige.«

»Ich weiß nicht ...« Kim steckte das Los langsam in ihre Jackentasche. »Ich glaube nicht, dass das was für mich ist.«

»Jetzt stell dich nicht so an«, sagte Marie, hakte sich bei Kim unter und ging neben ihr über den verschneiten Bürgersteig. »Wenn du dich erst mal an das Training gewöhnt hast, findest du es bestimmt total prima. Und bei der nächsten Verfolgungsjagd hängst du Franzi und mich dann locker ab.«

Kim lächelte schwach. Das konnte sie sich nun wirklich nicht vorstellen – auch wenn der Gedanke durchaus etwas Verlockendes hatte …

Detektivtagebuch von Kim Jülich
Montag, 21.09 Uhr

Sitzungsprotokoll:
Erstes Clubtreffen nach den Weihnachtsferien im Café Lomo

Anwesende: Franziska Winkler, Marie Grevenbroich, Kim Jülich
Stimmung: gut
Wegen der extrem winterlichen Temperaturen fand das heutige Treffen nicht in unserem Hauptquartier, sondern im Café Lomo statt. In Franzis Pferdeschuppen ist es momentan einfach zu kalt, zumal letzte Woche auch noch der kleine Bollerofen seinen Geist aufgegeben hat, den wir sonst immer zum Heizen benutzt haben. Stefan will versuchen, ihn zu reparieren, was echt nett von ihm ist. Hoffentlich kommt er bald dazu. Seit er mit dieser Sonja zusammen ist, kriegt man ihn ja kaum noch zu Gesicht, was vor allem Marie sehr zu schaffen macht – auch wenn sie das natürlich nie zugeben würde.

Die Stimmung bei den Detektivinnen war aber trotzdem prima. Wir sind voll motiviert und strotzen nach der Weihnachtspause nur so vor Energie und Tatendrang. Jetzt fehlt uns nur noch eins: ein neuer Fall. Bislang ist leider noch keiner in Sicht, aber das wird sich hoffentlich bald ändern.

Um für die nächsten Ermittlungen in optimaler körperlicher Verfassung zu sein, werde ich mich in der Zwischenzeit einem anderen Projekt widmen. Codename: »Ritas Gym«. Klingt ziemlich bescheuert, ich weiß. Aber so heißt nun mal das Fitness-Studio, in dem ich demnächst trainieren werde. Ja, du hast richtig gehört, liebes Detektivtagebuch: Ich, Kim Jülich, Sporthasserin und Bewegungsmuffel, werde mich in den nächsten drei Monaten in ein drahtiges, durchtrainiertes Muskelpaket verwandeln. Zumindest hoffe ich das. Als Marie mir heute Nachmittag den Gutschein für die kostenlose Mitgliedschaft geschenkt hat, war ich erst ziemlich skeptisch. Aber inzwischen habe ich nachgedacht und bin mir sicher, dass das ein Wink des Schicksals ist. Schließlich habe ich mich in letzter Zeit oft genug darüber geärgert, dass ich so unfit bin – von meinen überflüssigen Pfunden ganz zu schweigen. Jetzt habe ich die einmalige Gelegenheit, meine Gewohnheiten – und meinen schwabbeligen Körper – zu ändern. Und diese Gelegenheit werde ich nutzen! Ich tue es für die drei !!! und für meine Zukunft als *knallharte Detektivin. Bald entkommt mir kein Verbrecher mehr! Bin fest entschlossen, mich gleich morgen für ein Probetraining anzumelden.*

Geheimes Tagebuch von Kim Jülich
Montag, 21:20 Uhr

Warnung: Lesen für Unbefugte (alle außer Kim Jülich) streng verboten!

Verliebt zu sein ist echt die Hölle! Befinde mich in einem ständigen Wechselbad der Gefühle. Als ich heute Nachmittag mit Marie und Franzi an der Waffelbude stand, tauchte Michi plötzlich auf. Habe mich erst super gefreut. Sein Lächeln hat mich mal wieder fast umgehauen. Es sollte verboten werden, dass Jungs so süß lächeln können!

Dann hat er von meiner Waffel abgebissen. Dabei haben sich unsere Hände kurz berührt und ich konnte die Wärme seiner Haut sogar durch meinen Handschuh spüren. Ich war total happy – und dann kam die kalte Dusche. Jetzt weiß ich, warum Michi mich bisher nicht so richtig beachtet hat. Er findet mich zu dick!!!

So direkt hat er es natürlich nicht gesagt, dafür ist er viel zu nett. Aber die Botschaft war eindeutig. Mann, das hat gesessen. Ich war fix und fertig und habe keinen Ton mehr rausbekommen. Total peinlich! Michi war ganz durcheinander und ist bald wieder abgezischt. Der Arme wusste gar nicht, was los war.

Kein Wunder, dass er nie auf den Brief geantwortet hat, den ich ihm vor den Ferien geschrieben habe. Wer will schon mit einer fetten Planschkuh zusammen sein? Darum steht mein Vorsatz fürs neue Jahr jetzt fest: keine Süßigkeiten mehr, kein »Kakao Spezial« und keine Waffeln mit heißen Kirschen. Stattdessen viel Bewegung und eine ausgewogene Ernährung. Dann bin ich meinen Weihnachtsspeck in null Komma nichts wieder los und Michi wird endlich merken, dass er ohne mich nicht leben kann. Er wird mir seine Liebe gestehen und ich werde glücklich in seine Arme sinken …

Seufz! Wie schöööön!

»Und das hier ist der Bereich fürs Ausdauertraining«, erklärte Rita, die Club-Managerin von *Ritas Gym,* und zeigte auf eine Reihe von Fitnessgeräten, an denen eifrig trainiert wurde. »Die Geräte für den Muskelaufbau befinden sich im ersten Stock. Es gibt verschiedene Möglichkeiten, wie man ein optimales Training entwickeln kann ...«

Kim seufzte und betrachtete skeptisch die verschiedenen Geräte. Von den meisten kannte sie noch nicht einmal den Namen. Irgendwie erinnerte sie der Trainingsraum stark an eine Folterkammer. Nur mit dem Unterschied, dass hier lauter Fernseher von der Decke hingen, sodass man wenigstens unterhalten wurde, während man sich auf den Foltergeräten abquälte.

Kim fiel auf, dass die Frauen, die auf den Bildschirmen herumhüpften und offenbar Werbung für irgendein neues Diätgetränk machten, mindestens genauso schlank waren wie die Frauen und Mädchen, die an den Geräten trainierten. Die meisten sahen total durchtrainiert aus und präsentierten ihre straffen Körper in eng anliegenden Fitnesspants und ärmellosen Tops, die ihre muskulösen Arme gut zur Geltung brachten. Kim zupfte an ihrem ausgeleierten T-Shirt herum und fühlte sich in ihrer alten Jogginghose plötzlich alles andere als wohl. Gut, dass wenigstens Marie als moralische Unterstützung zum Probetraining mitgekommen war. So fühlte sich Kim zwischen all diesen Fitnessgöttinnen nicht ganz so verloren.

Aber dann bemerkte Kim, dass sie doch nicht die Einzige war, die hier keine Modelfigur hatte. Gerade betrat ein rundliches Mädchen in schwarzem T-Shirt mit rotem *Ritas Gym*-Aufdruck den Trainingsraum. Sie war mit einer Sprühflasche und einem Lappen bewaffnet und begann lustlos, die Geräte zu säubern. Vermutlich jobbte sie hier, um ihr Taschengeld ein bisschen aufzubessern. Als das Mädchen kurz in ihre Richtung blickte, lächelte Kim ihr zu. Doch das Mädchen lächelte nicht zurück. Sie fixierte Rita und ihre Augen blitzten zornig. Kim runzelte die Stirn. Ob das Mädchen Ärger mit Rita hatte? So unmotiviert, wie sie beim Arbeiten wirkte, wäre das eigentlich kein Wunder. Und die Club-Chefin konnte bestimmt ganz schön unangenehm werden, wenn ihre Angestellten nicht spurten …

»Gibt es auch einen extra Cardio-Raum?«, erkundigte sich Marie gerade. »Und was bieten Sie im Wellnessbereich an?«

Die Club-Managerin lächelte. Sie hatte sich Kim und Marie gleich als Rita vorgestellt und sie mit warmen Worten im Club willkommen geheißen, bevor sie mit der Führung durch die Räumlichkeiten begonnen hatte. Rita war eine große, schlanke Frau um die dreißig mit einem perfekt frisierten, blonden Pagenkopf. Kim überlegte, wie viel Haarspray sie wohl jeden Morgen verbrauchte, damit die Frisur so gut hielt. Auch mit den aktuellen Modefarben schien sich Rita gut auszukennen, denn sie trug ein petrolfarbenes Kostüm und farblich dazu passende Pumps. Trotz ihrer freundlichen Art war Rita Kim irgendwie unsympathisch. Vielleicht weil ihr Lächeln einen Hauch zu professionell aussah.

»Der Cardio-Raum befindet sich ebenfalls im ersten Stock«, antwortete Rita auf Maries Frage. »Aber jetzt zeige ich euch erst mal unseren Wellnessbereich. Er ist unser ganzer Stolz, ihr werdet begeistert sein ...«

Sie schob Marie und Kim einen zitronengelb gestrichenen Gang hinunter und führte sie durch einen hellen, geräumigen Umkleideraum in den Wellnessbereich.

»Wir haben ein Dampfbad, ein Sanarium, fünf verschiedene Saunen und natürlich einen großen Ruheraum mit bequemen Liegen und Entspannungsmusik«, erklärte Rita. »Es gibt jeden Tag unterschiedliche Aufgüsse. Außerdem bieten wir Massagen, Aromatherapie, Kosmetikbehandlungen und sogar kleinere kosmetische Eingriffe an. Ihr könnt hier also auf jede nur erdenkliche Weise etwas für euer Aussehen und euer körperliches und seelisches Wohlbefinden tun.«

»Wow«, sagte Marie und sah sich beeindruckt um. »Nicht schlecht. Was meinst du, Kim?«

Kim nickte zögernd. »Hört sich ganz gut an.«

Der Wellnessbereich war auf jeden Fall wesentlich mehr nach ihrem Geschmack als der Trainingsraum. Böden und Wände waren in dezentem Altrosa gekachelt und die Räumlichkeiten sahen sauber und einladend aus. Hier konnte man bestimmt prima entspannen. Kim nahm sich vor, auf jeden Fall ausgedehnte Saunabesuche in ihren Fitnessplan zu integrieren.

»Dann wollen wir mal mit dem Probetraining loslegen«, sagte Rita gut gelaunt. Als sie Kims gequältes Gesicht sah, fügte sie lächelnd hinzu: »Keine Angst, es tut nicht weh.«

Kim hatte trotzdem ein mulmiges Gefühl im Bauch, als sie hinter Rita und Marie zurück in den Trainingsbereich schlurfte. Hoffentlich blamierte sie sich gleich nicht total. Wahrscheinlich lachte Rita sich schlapp, wenn sie mitbekam, wie unsportlich Kim war.

»Wir machen erst mal einen kleinen Belastungstest«, erklärte Rita und führte Kim und Marie an den voll besetzten Fitnessgeräten vorbei in die hintere Ecke des Ausdauertrainingsbereichs. Hier stand neben einem kleinen Schreibtisch und zwei großen Aktenschränken ein Sportgerät, das sogar Kim kannte. »Ein Trimmrad!«, rief sie erleichtert. »Soll ich mich da draufsetzen?«

Rita nickte. »Genau. Wir nennen das hier übrigens Cycling-Rad. Ich verkabele dich jetzt ein bisschen und dann radelst du einfach zehn Minuten in lockerem Tempo.« Sie zeigte auf ein in den Fahrradlenker integriertes Display. »Der Computer zeichnet dabei deinen Puls, die Herzfrequenz, den Kalorienverbrauch und einige andere Werte auf. Aus den Daten erstellen wir dann dein persönliches Leistungsprofil, mit dem wir wiederum deinen individuellen Trainingsplan konfigurieren können.«

»Aha«, sagte Kim etwas verwirrt, während sie auf das Cycling-Rad kletterte. Das klang alles ziemlich kompliziert. Aber zehn Minuten radeln konnte ja eigentlich nicht so schwer sein – das machte sie schließlich jeden Tag, wenn sie zur Schule fuhr. Rita befestigte einen Clip an Kims

Ohr. Von diesem führte ein Kabel zu dem Computer am Lenker. »Dann leg mal los«, forderte die Club-Managerin Kim auf und drückte ein paar Knöpfe auf dem Display. »Ist die Sattelhöhe so in Ordnung?«

»Ich glaube schon.« Kim schlüpfte in die an den Pedalen befestigten Schlaufen. Dann begann sie zu treten. Es ging ganz leicht und Kim legte noch einen Zahn zu. Dieser Rita würde sie es zeigen! Und all den anderen durchtrainierten Tussis auch. So ein bisschen Radfahren schaffte sie doch mit links!

»Fang lieber langsam an«, sagte Marie warnend. »Sonst geht dir nachher die Puste aus. Zehn Minuten können ganz schön lang werden.«

Kim winkte ab. »Ach was, das Tempo kann ich locker halten.« Sie trat kräftig in die Pedale und sah sich dabei verstohlen um. Auf den anderen Rädern trainierten ein paar Mädchen, die alle wesentlich langsamer fuhren als sie. Kim grinste. Vielleicht war sie ja doch nicht so unsportlich, wie sie gedacht hatte.

Nach einer Weile begannen sich kleine Schweißtropfen auf ihrer Stirn zu sammeln und ihr Atem ging schneller. Sie wischte sich mit der Hand über das Gesicht, ohne das Tempo zu verlangsamen. Schließlich wollte sie sich vor all den Supersportlerinnen keine Blöße geben. Die zehn Minuten mussten jetzt sowieso bald rum sein. Kim warf einen schnellen Blick auf das Display – und traute ihren Augen kaum. Es waren erst drei Minuten vergangen!

Um sich abzulenken, sah Kim zu dem Fernsehbildschirm hinüber, der vor ihr von der Decke hing. Schon wieder hüpfte ein superschlankes Mädchen im eng anliegenden Body durch das Bild und hielt einen Diätdrink in die Kamera. Der Name des Produkts prangte in großen Buchstaben auf dem grellbunten Plastikshaker. Zeigten die hier eigentlich auch noch etwas anderes als diese blöde Werbung? Kim seufzte. Wenn sie doch bloß auch schon so schlank wäre …

Noch nie waren Kim zehn Minuten so lang vorgekommen. Als die Zeit endlich um war, war sie schweißgebadet und ihre Beine zitterten. Beim Absteigen fiel sie fast vom Rad. Zum Glück war Marie sofort zur Stelle und stützte sie.

»Du siehst ganz schön fertig aus«, stellte Marie besorgt fest. »Alles in Ordnung?«

Kim nickte und ließ sich auf einen Stuhl vor dem Schreibtisch plumpsen. Sie wartete, bis sich ihr Herzschlag wieder etwas normalisiert hatte. »Mannomann!«, schnaufte sie. »Ich hätte nicht gedacht, dass Fahrradfahren so anstrengend sein kann.« Rita las Kims Werte vom Display ab und trug sie in einen Bewertungsbogen ein. Dann setzte sie sich hinter den Schreibtisch. Ihr Gesicht war ernst. »Die schlechte Nachricht zuerst: Deine Werte sehen leider nicht besonders gut aus. Puls und Herzfrequenz waren während der Belastung fast durchgängig zu hoch, deine Ausdauerkapazität ist für dein Alter hingegen viel zu niedrig. Kurz gesagt: Du bist zwar dreizehn, deine Fitnesswerte sind aber die einer Dreißigjährigen.«

Kim merkte, wie sie knallrot anlief. »Du meine Güte«, murmelte sie. »Das hört sich ja nicht so gut an.« Sie warf einen schnellen Blick zu den Mädchen an den Trainingsgeräten hinüber. Hoffentlich hatten sie Ritas Einschätzung nicht gehört. Es musste schließlich nicht gleich das ganze Studio mitbekommen, dass Kim beim Fitnesstest total versagt hatte. Das wäre wirklich oberpeinlich!

»Sind Sie sicher, dass die Werte stimmen?«, hakte Marie nach, die neben Kim Platz genommen hatte. »So unfit ist Kim nun auch wieder nicht. Vielleicht hat Ihr Computer da etwas durcheinandergebracht.«

Auf Ritas Stirn erschien eine steile Falte und ihre Stimme klang plötzlich kühl. »Der Computer bringt nie etwas durcheinander. Die Werte sind hundertprozentig verlässlich.« Dann wandte sie sich an Kim und war wieder die Freundlichkeit in Person. »Aber es gibt auch eine gute Nachricht: Es ist nie zu spät, sein Leben zu ändern und ein sportlicher Mensch zu werden. Durch regelmäßiges Training kannst du deine Werte innerhalb von wenigen Wochen erheblich verbessern – und überflüssige Fettpolster durch Muskeln ersetzen. Zu diesem Zweck erstellen wir nun gemeinsam deinen individuellen Trainingsplan. Um dich nicht zu überlasten, beginnst du am besten mit einem leichten Ausdauertraining ...«

Eine Stunde später trat Kim erschöpft aus der Umkleidekabine. Nachdem Marie zu einer Probe mit ihrer Theater-AG abgedüst war, hatte Kim gemeinsam mit Rita ihren Trainingsplan fertiggestellt. Er bestand aus regelmäßigem Kraft- und Ausdauertraining sowie einem Cycling- und einem Bodystylingkurs und wurde durch Sauna- und Wellnesseinheiten ergänzt. Dann hatte Rita ihr gezeigt, wie die verschiedenen Geräte funktionierten und welche Einstellungen für Kim optimal waren. Jetzt schwirrte ihr der Kopf von all den neuen Informationen. Außerdem merkte sie die ungewohnte körperliche Beanspruchung in jedem einzelnen Muskel. Wahrscheinlich würde sie morgen vor lauter Muskelkater nicht mehr laufen können ...

Rita erwartete sie bereits am Empfang. »So, jetzt musst du nur noch das Anmeldeformular unterschreiben«, sagte sie und hielt Kim ein Blatt hin. »Dann erhältst du deine persönliche Chipkarte und natürlich unser tolles Begrüßungspaket.« Kim unterschrieb das Formular und Rita lächelte ihr zu. »Prima! Willkommen im Club, Kim. Alles Weitere wird Mareike mit dir regeln. Ich habe leider gleich den nächsten Termin und muss mich darum jetzt verabschieden.«

Rita schüttelte Kim zum Abschied die Hand und widmete sich dann der nächsten Neukundin, einer Frau mittleren Alters, die bereits auf einem großen Ledersofa in der Eingangshalle wartete.

Mareike war die grimmig blickende Angestellte, die Kim vorhin schon im Trainingsraum aufgefallen war. Im Kopf notierte sie sich automatisch die Personenbeschreibung: weiblich, 16 bis 17 Jahre alt, circa ein Meter fünfundsechzig groß, vollschlank, Stupsnase, blaue Augen, braune Haare, Pferdeschwanz, insgesamt eher unauffällige Erscheinung.

Mareike reichte Kim mit mürrischem Gesicht eine Plastikkarte. »Mit der Chipkarte kommst du durch das Drehkreuz am Eingang und kannst die Schließfächer im Umkleideraum benutzen.« Dann bückte sie sich und wühlte eine Weile hinter dem Empfangstresen herum. Als sie wieder auftauchte, hielt sie einen schwarzen Rucksack in der Hand, der mit dem knallroten Clublogo bedruckt war. »Und hier ist dein Begrüßungspaket.«

»Vielen Dank.« Kim griff nach dem Rucksack. Er war ziemlich schwer. »Was ist denn da drin?«

»Drei verschiedene Fitnessriegel, eine Probepackung Diät-Shake, ein Sportsdrink und ein *Ritas Gym*-Handtuch«, zählte Mareike gelangweilt auf.

Kim grinste. »Na, das hört sich ja richtig vielversprechend an. Wie schmecken diese Fitness-Riegel denn so?«

»Scheußlich«, antwortete Mareike, ohne mit der Wimper zu zucken. »Wie schon mal gegessen und verdaut.« Sie sah sich schnell nach Rita um, aber die war außer Hörweite und gerade voll und ganz mit der neuen Kundin beschäftigt. »An deiner Stelle würde ich die Dinger sofort in den Müll schmeißen. Dieses ganze Fitnessfutter bringt überhaupt nichts und ist außerdem sauteuer. Damit wollen sie dir hier nur das Geld aus der Tasche ziehen.«

Kim sah Mareike überrascht an. »Tatsächlich? Na ja, aber immerhin hab ich die Riegel ja geschenkt bekommen. Von Geld aus der Tasche ziehen kann da wohl kaum die Rede sein ...«

»Das ist ein Trick«, raunte Mareike ihr verschwörerisch zu. »Damit wollen sie dich ködern, damit du das Zeug hinterher selbst kaufst. Du solltest dich am besten gar nicht erst auf diesen Fitnessquatsch einlassen. Wenn du Sport machen willst, geh lieber woandershin. Hier wirst du nur ausgenommen wie eine Weihnachtsgans. Oder noch Schlimmeres ...«

Kim runzelte die Stirn. »Was meinst du mit ›noch Schlimmeres‹? Und warum arbeitest du überhaupt hier, wenn du alles so furchtbar findest?«

Doch ehe Mareike antworten konnte, tauchte Rita hinter ihr auf. Sie warf ihrer Angestellten einen strengen Blick zu. »Wie lange brauchst du denn noch, Mareike? Wenn du hier fertig bist, bring Frau Müller-Maihof und mir bitte einen Kaffee. Und dann machst du mit dem Reinigen der Geräte weiter. Wie oft soll ich dir noch sagen, dass du nicht fürs Herumtrödeln bezahlt wirst?« Den letzten Satz zischte sie so leise, dass Kim Mühe hatte, ihn zu verstehen.

Mareike wurde rot vor Ärger und schien Rita am liebsten an die Gurgel springen zu wollen. Doch Rita sah sie nur kühl an, bis Mareike schließlich den Blick senkte, sich auf dem Absatz umdrehte und wütend davonstürmte. Kim entging nicht das zufriedene Lächeln, das um

Ritas Lippen spielte, als sie zu ihrer neuen Kundin zurückkehrte.

Nachdenklich verließ Kim das Studio. Mareike schien sich wirklich nicht besonders gut mit Rita zu verstehen. Warum wohl? Und was hatte ihre merkwürdige Warnung zu bedeuten? Kim hatte das sichere Gefühl, dass bei *Ritas Gym* etwas ganz und gar nicht stimmte …

Mareike macht sich verdächtig

Detektivtagebuch von Kim Jülich
Mittwoch, 19:21 Uhr

Nun trainiere ich schon seit zwei Wochen regelmäßig im Studio – und so langsam zeigen sich die ersten Erfolge. Hatte heute meinen ersten Zwischen-Check-up mit Rita und sie meinte, meine Fitnesswerte seien schon wesentlich besser geworden. Hurra! Ich bin auf dem besten Weg, eine richtige Sportskanone zu werden. Wer hätte das gedacht. Bin total stolz!

Habe leider wegen des Termins mit Rita das letzte Clubtreffen versäumt und kann deswegen diesmal kein Sitzungsprotokoll schreiben. Franzi und Marie haben sich im Café Lomo getroffen – die Heizung im Hauptquartier funktioniert immer noch nicht. Ich glaube, Franzi war etwas sauer, weil ich heute keine Zeit für das Clubtreffen hatte. Vor allem, als ich ihr gesagt habe, dass ich stattdessen ins Studio gehe. Sie hat mich richtig angezischt: »Du bist ja schon fast so schlimm wie Chrissie! Ihr seid beide total im Fitnesswahn!«

Chrissie ist auch Mitglied bei Ritas Gym. Sie geht fast jeden Tag ins Studio – was ich eigentlich ziemlich bewundernswert finde. So oft schaffe ich es nicht. Darum hat Chrissie auch schon zwei Kilo abgenommen und ich erst ein halbes. Aber immerhin, ich bin auf dem richtigen Weg. Das sagt Rita auch. Sie hat mich heute sehr gelobt und meinte, so eine hoch motivierte Neukundin wie mich hätte sie lange nicht mehr erlebt.

Ich finde es total ungerecht, dass Franzi mich so angeblafft hat – bloß weil ich ein Mal nicht zum Clubtreffen kommen kann. Wie oft hat sie denn schon gefehlt, weil sie sich unbedingt um ihr geliebtes Pony Tinka kümmern musste? Von Marie und ihren tausend Terminen gar nicht zu reden. Die beiden erwarten immer von mir, dass ich für alles Verständnis habe und den Club am Laufen halte. Aber wenn ich ausnahmsweise einmal etwas anderes vorhabe, werde ich gleich angeschnauzt. Echt fies! Außerdem kann man ja wohl noch lange nicht von Fitnesswahn reden, nur weil ich ein bisschen trainiere und etwas für meinen Körper tue, oder? Doch vielleicht war Franzi ja auch deshalb so genervt, weil wir immer noch keinen neuen Fall haben. Und ein Detektivclub ohne Fall ist wie eine Suppe ohne Salz: einfach nur langweilig. Aber ehrlich gesagt kommt mir unsere Auftragsflaute im Moment ganz gelegen, weil ich mich so ganz auf mein Training konzentrie-

ren kann. Rita meint, wenn ich weiter so regelmäßig trainiere, kann ich meine Ausdauerleistungen noch erheblich steigern. Inzwischen finde ich sie eigentlich richtig nett. Sie motiviert mich ständig und gibt mir jede Menge Tipps. Zum Beispiel, dass das Training viel effektiver wird, wenn man eine halbe Stunde vorher einen Fitnessriegel isst. Weil man dann einfach mehr Power hat und jede Menge Kalorien abgebaut werden. Ich hab das gleich mal ausprobiert und hatte wirklich das Gefühl, dass das Training mehr gebracht hat. Klasse, oder?!

Leider haben die Fitnessriegel aus meinem Begrüßungspaket nicht besonders lange gereicht. Darum habe ich mir gestern ein Zehnerpack gekauft – und bin fast in Ohnmacht gefallen, als es ans Bezahlen ging. Die Dinger sind wirklich irre teuer! Mein gesamtes Taschengeld ist dafür draufgegangen. Aber was soll's, das ist es mir wert. Besser als das Geld für Gummibärchen, »Kakao Spezial« oder andere Kalorienbomben auszugeben.

Als ich die Fitnessriegel gestern bei Mareike bezahlt habe, hat sie mich richtig angefaucht: »Kaufst du jetzt etwa auch diesen Schrott? Lass dir doch nicht jeden Mist aufschwatzen!«

Da bin ich echt sauer geworden. Was bildet sich die dumme Kuh eigentlich ein? Ist doch meine Sache, wofür ich mein Geld ausgebe. Das habe ich ihr auch gesagt. Und dass ich mich bei Rita beschweren werde, wenn sie mich noch mal so blöd von der Seite anmacht.

Da ist sie richtig schnippisch geworden. »Ist mir doch egal, was Rita von mir denkt. Ich lass mich jedenfalls nicht von ihr und ihrem freundlichen Getue einwickeln, so wie alle anderen. Ich kenne nämlich ihr wahres Gesicht ...«

Natürlich wurde ich sofort hellhörig und fragte: »Was willst du denn damit sagen?«

Da tat Mareike auf einmal ganz harmlos. »Gar nichts. Du würdest mir ja sowieso nicht glauben, so toll wie du Rita findest. Aber eins sag ich dir, die wird noch ihr blaues Wunder erleben ...«

In dem Moment kam leider eine andere Kundin herein, sodass ich nicht noch einmal nachhaken konnte. Mareike scheint wirklich einen richtigen Hass auf Rita zu haben. Aber ob sie tatsächlich etwas gegen sie plant? Oder war das nur eine leere Drohung? Offenbar übertreibt Mareike gerne ein bisschen. An ihrer düsteren Warnung vom ersten Tag war schließlich auch nichts dran.

Ich glaube, die gute Mareike spinnt ein bisschen. Aber ich werde sie in nächster Zeit trotzdem im Auge behalten. Man kann nie wissen ...

Zwei Tage später verließ Kim nach dem Training mit feuchten Haaren die Umkleidekabine und stürmte den Flur entlang in Richtung Ausgang.

Sie war spät dran. Wegen des für heute anberaumten Clubtreffens hatte sie extra ihr Training etwas verkürzt und auf den Cyclingkurs verzichtet, den sie sonst immer am Freitagnachmittag besuchte. Eigentlich passte es ihr gar nicht, dass ihr Trainingsplan wegen des Clubtreffens durcheinandergeriet. Aber sie hatte schließlich schon das letzte Treffen geschwänzt, da konnte sie heute nicht schon wieder fehlen. Kim überlegte gerade, ob sie nachher eine Runde joggen gehen sollte, um die verlorene Trainingszeit wieder aufzuholen, als sie an Ritas Büro vorbeikam. Die Tür war nur angelehnt. Kim blieb stehen und zögerte kurz. Eigentlich musste sie so schnell wie möglich los, Marie und Franzi warteten bestimmt schon auf sie. Aber Kim wollte Rita unbedingt noch nach den Diät-Shakes fragen, von denen sie ihr bei ihrem letzten Gespräch erzählt hatte. Die sollten in Verbindung mit regelmäßigem Training wahre Wunder bewirken und die Kilos nur so wegschmelzen lassen. Natürlich war das Getränkepulver nicht ganz billig. Aber Kim hatte keine Lust mehr, wochenlang auf ihre Idealfigur zu warten. Bisher hatte sie trotz eifrigen Trainings leider nicht so viel abgenommen, wie sie gehofft hatte. Das war ganz schön frustrierend. Und warum sollte man nicht ein bisschen nachhelfen, wenn es die Möglichkeit dazu gab?

Entschlossen ging Kim auf Ritas Büro zu. Marie und Franzi würden es bestimmt überleben, wenn sie fünf Minuten später kam. Kim stieß die Tür auf – und blieb vor Überraschung wie erstarrt stehen. Rita war nirgendwo zu sehen. Stattdessen stand Mareike hinter dem Schreibtisch und hielt verschiedene Papiere in der Hand. Als sie Kim erblickte, lief sie knallrot an.

»Was machst du denn hier?«, fragte Kim verdutzt. »Weiß Rita, dass du in ihren Sachen herumwühlst?«

Mareike ging sofort in Verteidigungshaltung. »Ich wühle nicht in Ritas Sachen herum! Ich soll ihr Büro sauber machen und räume gerade den Schreibtisch ab, damit ich besser Staub wischen kann.«

Kim runzelte die Stirn. »Und warum hast du dann keinen Putzeimer dabei? Oder wenigstens ein Staubtuch?«

Mareike warf Kim einen ärgerlichen Blick zu. »Was geht dich das an? Wird das jetzt etwa ein Verhör, oder was?!«

»Keineswegs.« Kim blieb ganz ruhig. »Ich frage mich nur, wie du ohne Putzzeug das Büro sauber machen willst.«

»Wenn du es genau wissen willst: Ich wollte das Putzzeug gerade holen«, behauptete Mareike und kam auf Kim zu, die immer noch in der

Tür stand. »Lässt du mich jetzt durch oder willst du mich noch länger von der Arbeit abhalten?«

»Bitte sehr«, sagte Kim übertrieben höflich und trat einen Schritt zur Seite. Mareike stürmte an ihr vorbei, verschwand im Putzraum und knallte die Tür hinter sich zu.

»Und was ist dann passiert?«, fragte Franzi gespannt, als Kim ihr und Marie eine halbe Stunde später von Mareikes merkwürdigem Verhalten erzählte.

Kim zuckte mit den Schultern. »Nichts. Dann habe ich mich auf mein Fahrrad gesetzt und bin zu Marie gedüst, um noch halbwegs pünktlich zu kommen.«

»Du warst aber trotzdem zwanzig Minuten zu spät«, stellte Marie fest. »Wenn du so weitermachst, hast du mich und Franzi in Sachen Unpünktlichkeit bald um Längen geschlagen. Seit du ins Fitness-Studio gehst, kommst du ständig zu spät. Dabei warst du doch sonst immer die Pünktlichkeit in Person!«

»Diesmal konnte ich wirklich nichts dafür«, verteidigte sich Kim und nahm einen Schluck von ihrem Mineralwasser. »Schließlich war ich mit Ermittlungen beschäftigt.«

»Kim hat recht«, sagte Franzi und griff in die Keksschale, die Marie auf den Wohnzimmertisch gestellt hatte. Sie angelte sich einen Schokoladenkeks und steckte ihn sich in den Mund. »Warum hast du eigentlich nicht gleich dieser Rita Bescheid gesagt?«

Kim zuckte mit den Schultern. »Keine Ahnung. Ich war mir nicht sicher, ob Mareike nicht vielleicht doch die Wahrheit sagt. Könnte doch sein, dass sie wirklich nur das Büro putzen wollte.«

Franzi schüttelte den Kopf. »Das glaubst du doch selbst nicht! Diese Mareike hat in Ritas Büro herumgeschnüffelt, ganz klar.«

»Der Meinung bin ich auch«, stimmte Marie zu und goss sich und Franzi Cola nach. »Die Frage ist nur, was sie dort gesucht hat.«

»Vielleicht Geld«, überlegte Franzi laut. »Als Aushilfe wird sie bestimmt nicht besonders gut bezahlt. Da hat sie die Gelegenheit genutzt, um ihren Stundenlohn ein bisschen aufzubessern.«

»Ich glaube eher, dass Mareike Rita irgendetwas anhängen will«, sagte Kim. »Sie hasst ihre Chefin regelrecht. Vielleicht hat sie nach belastendem Material oder etwas in der Art gesucht.«

»Aber das hieße ja, dass Rita oder das Studio irgendwelchen Dreck am Stecken haben«, kombinierte Marie. »Sonst gäbe es schließlich kein belastendes Material.«

»Stimmt«, sagte Franzi. »Das würde mich überhaupt nicht wundern. Ich hatte die ganze

Zeit schon ein komisches Gefühl bei diesem Laden. Seit Chrissie da andauernd hinrennt, hat sie sich total verändert. Sie ist noch unausstehlicher geworden und redet nur noch von ihrer Figur und ihrem Aussehen. Jetzt will sie sich sogar wegen ihrer Stirnfalte behandeln lassen, weil sie damit angeblich unmöglich aussieht. Ehrlich gesagt ist mir diese Falte noch nie aufgefallen, bevor sie davon angefangen hat. Aber unsere Eltern erlauben das sowieso nicht.«

»Mannomann, ganz schön durchgeknallt«, sagte Kim und schüttelte ungläubig den Kopf.

»Musst du gerade sagen! Du bist doch auch total im Fitnesswahn, seit du in dieses blöde Studio gehst«, sagte Franzi vorwurfsvoll. »Trinkst keine Cola mehr, lässt ständig unsere Clubtreffen sausen und hast nur noch dein Training und deine Idealfigur im Kopf. Das ist doch nicht normal!«

»Jetzt mach aber mal einen Punkt«, sagte Kim. Sie merkte, wie die Wut in ihr hochstieg. »Bloß weil ich mich nicht mehr ständig mit Cola volllaufen lasse und regelmäßig Sport mache, bin ich noch lange nicht im Fitnesswahn. Und ich habe bisher nur ein einziges Clubtreffen versäumt, weil ich da einen wichtigen Termin mit Rita hatte. Willst du mir das jetzt etwa die nächsten hundert Jahre vorhalten?«

Franzi wollte etwas erwidern, aber Marie hob beschwichtigend die Hände. »Hört auf zu streiten, Mädels! Das bringt doch nichts.«

»Ich versuche nur, Kim wieder zur Vernunft zu bringen«, murmelte Franzi. »Immer nur Sport, Mineralwasser und Fitnessriegel – was ist denn das für ein Leben?«

»Das lass mal meine Sorge sein«, sagte Kim. »Ob du's glaubst oder nicht – ich fühle mich viel wohler, seit ich nicht mehr so viel Süßes esse und regelmäßig Sport mache.«

Leider knurrte in diesem Moment Kims Magen. Sie hatte zum Mittagessen nur ein bisschen Salat gegessen, um sich vor dem Training nicht unnötig zu belasten. Nun bekam Kim plötzlich einen Bärenhunger und warf einen sehnsüchtigen Blick zur Keksschale hinüber. Aber sie blieb hart. Statt sich einen ihrer Lieblingsschokoladenkekse zu nehmen, holte sie einen Fitness-Riegel aus ihrem Rucksack. Rita hatte ihr erklärt, dass das die optimale Zwischenmahlzeit war: Ein Riegel hatte nur 135 Kalorien, enthielt wichtige Vitamine und Aminosäuren und gab für Stunden neue Power.

»Dass du dieses eklige Zeug überhaupt runterkriegst!« Franzi verzog das Gesicht. »Igitt!« Dann angelte sie sich noch einen Schokokeks.

Kim tat so, als hätte sie Franzis Bemerkung

nicht gehört, und biss in den Riegel. Wenn sie ganz ehrlich sein sollte, hätte sie jetzt auch lieber einen Keks gegessen, aber das behielt sie für sich. Genauso wie die Tatsache, dass sie vorhatte, demnächst den einen oder anderen Diät-Shake in ihren Speiseplan einzubauen.

Im Moment war sie leider absolut pleite. Ihr gesamtes Taschengeld war für die Zehnerpackung Fitness-Riegel draufgegangen. Ob Marie ihr vielleicht etwas leihen konnte? Sie bekam ungefähr dreimal so viel Taschengeld, wie sie ausgeben konnte. Und sie hatte wesentlich mehr Verständnis für Kims Wunsch nach einer Idealfigur als Franzi. Kim beschloss, Marie bei der nächsten Gelegenheit zu fragen – unter vier Augen natürlich.

»Also, ich finde, Kim sollte diese Mareike unbedingt im Auge behalten«, sagte Marie und kam damit wieder auf das eigentliche Thema der Clubsitzung zurück. »Da ist eindeutig etwas faul.«

Franzi nickte. »Bin ganz deiner Meinung. Bei *Ritas Gym* stimmt was nicht. Und wir sollten herauskriegen, was es ist.«

»Ich glaube eher, mit dieser Mareike stimmt was nicht«, sagte Kim. »Am besten knöpfe ich sie mir morgen noch mal vor und fühle ihr ein bisschen auf den Zahn.«

»Heißt das, wir haben einen neuen Fall?«, fragte Marie.

Kim nickte. »Sieht ganz so aus.«

»Das wurde aber auch Zeit!« Franzi seufzte erleichtert. »Ich dachte schon, wir bleiben ewig arbeitslos.« Sie hob ihr Glas und prostete Kim und Marie zu. »Auf unseren neuen Fall!«

Zwei Colagläser und ein Wasserglas klirrten gegeneinander, als Franzi, Marie und Kim miteinander anstießen. Für einen kurzen Moment waren sie wieder ein Herz und eine Seele.

Geheimaktion im Schillerpark

Kim sah es sofort, als sie am Samstagnachmittag vor dem Studio vom Fahrrad stieg. An der Außenfassade prangten zwei riesige Graffiti-Schriftzüge. *Nieder mit dem Schlankheitswahn!* und *Hier wird nur dein Geldbeutel schlanker!* stand in großen, knallroten Buchstaben an der Wand direkt neben dem Haupteingang.

Als Kim die Empfangshalle betrat, stand Rita mit wütendem Gesicht hinter dem Tresen und bellte ins Telefon: »Woher soll ich das wissen? Es ist schließlich Ihr Job, das herauszufinden. Ich will, dass diese Schmierfinken gefunden und zur Rechenschaft gezogen werden. Sachbeschädigung und Rufmord sind schließlich keine Kavaliersdelikte. Wissen Sie, was für ein Schaden unserem Studio entstehen kann, wenn durch diese Schweinerei potenzielle Neukunden abgeschreckt werden? Und Sie sagen mir, dass die Polizei nicht viel tun kann! Das ist wirklich unglaublich ...«

Im Gegensatz zu Rita machte Mareike einen ausgesprochen gut gelaunten Eindruck. Sie begrüßte Kim mit einem fröhlichen »Hallo!«, ganz so, als hätte Kim sie nie beim Herumschnüffeln in Ritas Büro erwischt.

»Was ist denn hier los?«, fragte Kim, während sie in ihrer Sporttasche nach der Chipkarte suchte.

»Irgendwer hat letzte Nacht die Fassade beschmiert«, erzählte Mareike. »Rita hat Anzeige gegen unbekannt erstattet, aber die Polizei glaubt nicht, dass sie den Täter bald schnappen. Darum macht sie denen jetzt die Hölle heiß.« Mareike nickte in die Richtung von Rita, die immer noch wütend in den Telefonhörer sprach.

»Kann ich verstehen«, sagte Kim und schüttelte den Kopf. »Ist doch echt das Letzte, einfach die Wand zu beschmieren. Wer macht denn so was?«

Mareike zuckte mit den Schultern. »Keine Ahnung. Woher soll ich das wissen?«

»Ich kenne eigentlich nur eine Person, die nicht gut auf *Ritas Gym* zu sprechen ist«, sagte Kim und sah Mareike scharf an. »Dich.«

Mareike schien für einen Moment beinahe die Fassung zu verlieren, doch dann begann sie zu lachen. »Ich? Du spinnst doch! Warum sollte ich denn so was machen? Immerhin arbeite ich hier.«

Ehe Kim das Thema vertiefen konnte, knallte

Rita den Hörer auf das Telefon und zischte: »Na warte, wenn ich diese Schmierfinken erwische! Die können was erleben ...« Dann wandte sie sich an Mareike. »Du schnappst dir jetzt einen Eimer und einen Lappen und machst die Fassade sauber. Diese Schmierereien müssen so schnell wie möglich verschwinden.«

»Die Mühe kann ich mir sparen«, sagte Mareike seelenruhig. »Das ist wasserfeste Sprühfarbe. Die lässt sich nicht so einfach abwaschen.«

»Ach, und woher weißt du das?«, fragte Kim sofort.

Rita runzelte die Stirn und warf Mareike einen prüfenden Blick zu. »Das würde mich allerdings auch interessieren.«

Mareike wurde rot und murmelte: »Das weiß doch jeder. Stand neulich in der Zeitung, in einem Artikel über Graffiti.«

»Wie dem auch sei«, sagte Rita. »Dann gehst du jetzt eben in die Stadt und besorgst irgendetwas, womit man das Zeug abbekommt. Und zwar ein bisschen plötzlich!«

Mareike verließ widerwillig ihren Posten hinter dem Empfangstresen. Kim hatte endlich ihre Chipkarte gefunden, ging durch das Drehkreuz und machte sich auf den Weg zum Umkleideraum. In ihrem Kopf fuhren die Gedanken Karussell. Wer hatte es auf das Fitness-Studio abgesehen? Ob Mareike hinter den Schmierereien steckte? Immerhin hatte sie sich ziemlich verdächtig benommen. Kim beschloss, ihr nachher noch einmal auf den Zahn zu fühlen. Aber jetzt war erst einmal verschärftes Training angesagt. Kim hatte sich vorgenommen, bis Ende nächster Woche mindestens ein hartnäckiges Kilo überflüssigen Hüftspeck loszuwerden.

Als Kim den Umkleideraum betrat, stieß sie fast mit Chrissie zusammen, die gerade in einem hautengen Gymnastikanzug aus der Tür stürmte.

»Kannst du nicht aufpassen?«, schimpfte Chrissie. »Ich hab's eilig, gleich fängt die Bodystylingstunde an.«

»Sorry, hab dich nicht gesehen«, entschuldigte sich Kim.

Chrissie war heute noch unerträglicher als sonst. Normalerweise ignorierte sie Kim einfach, wenn sie ihr im Studio begegnete. Wahrscheinlich fand sie es unter ihrer Würde, mit der Freundin ihrer jüngeren Schwester zu reden. Aber Kim wusste, wie sie Chrissie ihr arrogantes Getue heimzahlen konnte.

»Gegen deine Stirnfalte hilft aber auch der beste Bodystylingkurs nichts«, sagte sie spitz. »Dass du dich damit überhaupt noch auf die Straße traust ...«

Chrissie warf ihr einen wütenden Blick zu und zog sich schnell ein paar Ponyfransen in die Stirn. »Ihr werdet euch alle noch wundern!«, zischte sie. »Wenn ich die blöde Falte erst mal los bin, starte ich endlich meine Modelkarriere!«

»Da musst du wohl noch ein bisschen warten«, stellte Kim fest. »Oder haben dir deine Eltern inzwischen erlaubt, zum Schönheitschirurgen zu gehen?«

»Nein«, gab Chrissie zu. »Aber ich finde schon noch einen Weg, verlass dich drauf.« Sie warf Kim einen triumphierenden Blick zu und ließ sie dann einfach stehen. Kim sah ihr kopfschüttelnd nach. Mit der Schwester war Franzi wirklich gestraft!

Als Kim nach dem Training aus dem Studio kam, leuchteten die Schmierereien immer noch knallrot auf der grauen Außenfassade. Offenbar hatte Mareike mit ihren Säuberungsversuchen keinen großen Erfolg gehabt. Wenn sie es überhaupt ernsthaft versucht hatte. Kim hatte das sichere Gefühl, dass ihr nicht besonders viel daran gelegen war, die Schriftzüge möglichst schnell zu entfernen – eher im Gegenteil. Ob Mareike die Wand besprüht hatte, um Rita eins auszuwischen? Aber weswegen? Und wie konnte man ihr das nachweisen?

Während Kim vor dem Studio stand und grübelnd die beschmierte Fassade betrachtete, hörte sie plötzlich jemanden hinter der Hausecke leise sprechen. Die Stimme kam ihr bekannt vor und Kim spitzte die Ohren.

»Es ist wirklich sehr wichtig! Ich habe Informationen, die Sie bestimmt interessieren werden ... Ja, genau, es geht um das Fitness-Studio *Ritas Gym* ... Das kann ich am Handy nicht sagen. Könnten wir uns nicht persönlich treffen? ... Prima! Wie wär's um sechs Uhr im Schillerpark? Am Osttor? ... Alles klar, dann bis gleich.«

Zwei Sekunden später schlenderte Mareike hinter der Hausecke hervor. Sie steckte gerade ihr Handy weg und zuckte erschreckt zusammen, als sie Kim erblickte.

»Was machst du denn hier?«, fragte sie und warf Kim einen misstrauischen Blick zu.

Kim versuchte, ein harmloses Gesicht zu machen. »Nichts, wieso? Ich bin gerade erst aus der Tür gekommen.« Sie nickte zur Außenfassade hinüber. »Die Farbe ist ganz schön hartnäckig, was?«

»Allerdings. Die geht nicht so schnell wieder ab.« Mareike konnte ein winziges zufriedenes Lächeln nicht ganz verbergen. Sie warf einen Blick auf ihre Armbanduhr. »Sorry, aber ich muss los, bin noch verabredet.«

»Ich auch.« Kim ging zu ihrem Fahrrad und

klemmte die Sporttasche auf den Gepäckträger. »Tschüss dann!«

»Tschüss«, antwortete Mareike zerstreut und verschwand im Studio.

Kim stieg auf ihr Rad und fuhr los. Sobald sie sicher war, dass man sie vom Studio aus nicht mehr sehen konnte, hielt sie an und holte ihr Handy heraus. Sie musste so schnell wie möglich Franzi und Marie alarmieren. Jetzt war sich Kim ganz sicher, dass Mareike hinter den Schmierereien steckte. Und offenbar hatte sie noch mehr geplant. Mit wem sie sich wohl gerade verabredet hatte? Es gab nur eine Möglichkeit, das herauszufinden: Die drei !!! mussten um sechs Uhr ebenfalls im Schillerpark sein und das geheime Treffen beobachten.

Zum Glück erreichte Kim Marie und Franzi sofort. Es dauerte nur wenige Minuten, ihnen von den neuesten Entwicklungen zu berichten und sie zum Schillerpark zu bestellen. Als Kim anschließend weiterradelte, klopfte ihr Herz vor Aufregung. Endlich waren die drei !!! wieder im Einsatz!

Zehn Minuten später hatten sich die drei Detektivinnen hinter einem Gebüsch im Park verschanzt und ließen das Osttor nicht aus den Augen.

»Hoffentlich kommt Mareike pünktlich«, murmelte Kim und rieb sich die erstarrten Finger. »Wenn ich noch lange hier in der Kälte hocke, verwandele ich mich garantiert in einen Eisklotz.«

Sie hatten Glück. Um Schlag sechs bog Mareike auf ihrem Fahrrad um die Ecke. Sie bremste direkt vor dem Osttor, sprang vom Rad und sah sich suchend um.

»Runter!«, zischte Kim und duckte sich. Gut, dass es schon dunkel war, sonst hätte Mareike sie hinter dem kahlen Busch wahrscheinlich sofort entdeckt.

»Mann, die hat sich ja richtig vermummt«, stellte Marie fest und beobachtete, wie sich Mareike ihre dunkle Wollmütze noch tiefer ins Gesicht zog. Mund und Nase waren hinter einem grauen Schal versteckt.

»Stimmt. Offenbar will sie nicht erkannt werden«, sagte Franzi.

»Vielleicht hat sie ja Angst, dass Rita zufällig vorbeikommt und sie bei ihrem konspirativen Treffen überrascht«, flüsterte Kim. »Ich wüsste zu gerne, was Mareike vorhat!«

»Das werden wir gleich erfahren«, sagte Marie und nickte zu der belebten Geschäftsstraße hinüber, die zum Park führte.

Ein Mann überquerte die Straße und ging zielstrebig auf Mareike zu. Kim fertigte im Kopf sofort eine Personenbeschreibung an, um sie später in ihr Detektivtagebuch übertragen zu können: männliche Person, 50 bis 60 Jahre alt, klein und dick, langer, schwarzer Mantel, Glatze, schwarze Aktentasche.

Mehr konnte Kim leider nicht erkennen, weil Mareike und ihr Gesprächspartner zu weit weg waren. Sie unterhielten sich eine Weile, dann gingen sie durch das Osttor ein Stück in den Park hinein, der um diese Uhrzeit einsam und verlassen in der Dunkelheit lag. Offenbar wollten sie nicht zusammen gesehen werden. Direkt vor dem Busch, hinter dem die drei Detektivinnen hockten, blieben sie stehen.

»Auf keinen Fall!«, zischte der Mann gerade. »Das kommt gar nicht infrage!«

»Aber warum denn nicht?«, fragte Mareike. Ihre Stimme hatte einen verzweifelten Unterton. »Bitte, Herr Seibold! Ich hab Ihnen doch schon gesagt, dass ...«

»Es interessiert mich nicht, was du zu sagen hast«, unterbrach sie Herr Seibold. »Du verschwendest meine Zeit. Ich frage mich wirklich, warum ich mich überhaupt auf dieses Treffen eingelassen habe ...« Er schüttelte ärgerlich den Kopf.

In diesem Moment spürte Kim, dass ihr rechter

Fuß eingeschlafen war. So ein Mist! Ausgerechnet jetzt! Sie versuchte stillzuhalten, aber es kribbelte wie verrückt. Schließlich verlagerte Kim ihr Gewicht vorsichtig auf das andere Bein. Dabei trat sie versehentlich auf einen Zweig. Das Knacken klang in der Stille so laut wie ein Pistolenschuss. Herr Seibold zuckte zusammen und sah zu dem Busch hinüber, hinter dem sich die drei !!! versteckten. Kim bewegte keinen Muskel und hielt den Atem an. Ob Herr Seibold ihre Umrisse im Dunkeln erkennen konnte? Hoffentlich kam er nicht näher, um nachzusehen, was das Geräusch verursacht hatte.

Vielleicht war es das schlechte Wetter, das die drei Detektivinnen rettete. Denn in diesem Moment fuhr ein eisiger Windstoß durch den Park und leichter Schneeregen setzte ein. Herr Seibold schlug seinen Mantelkragen hoch und versenkte die Hände in den Taschen.

»Hiermit erkläre ich unser Gespräch für beendet«, sagte er entschieden. »Ich habe wirklich nicht die geringste Lust, bei diesem Mistwetter für nichts und wieder nichts draußen in der Kälte herumzustehen.«

Er ging mit schnellen Schritten zurück zum Osttor und verschwand um die Ecke, ohne sich von Mareike zu verabschieden. Mareike sah ihm mit hängenden Schultern nach. Dann verließ sie ebenfalls den Park, holte ihr Fahrrad und fuhr langsam davon.

»Puh, das war knapp!«, seufzte Franzi und kam hinter dem Busch hervor. »Ich dachte schon, dieser Seibold würde sich gleich auf uns stürzen.«

»Warum musstest du auch so herumzappeln?«, fragte Marie und warf Kim einen vorwurfsvollen Blick zu. »Sonst hast du doch auch keine Probleme mit dem Stillsitzen.«

»Kims Bewegungsdrang kommt bestimmt vom vielen Fitnesstraining.« Franzi kicherte. »Ihr Körper ist es einfach nicht mehr gewohnt, länger als fünf Minuten stillzuhalten.«

»Ha, ha, sehr witzig. Wenn du's genau wissen willst: Mein Fuß ist eingeschlafen.« Kim kam ebenfalls hinter dem Busch hervor und warf Franzi einen ärgerlichen Blick zu. Warum musste sie sich eigentlich ständig über ihr Training lustig machen? Kim belastete vorsichtig das rechte Bein und verzog das Gesicht, als das Blut schmerzhaft in den Fuß zurückfloss.

»Ist ja gerade noch mal gut gegangen«, sagte Marie versöhnlich. »Aber viel schlauer sind wir jetzt immer noch nicht. Oder habt ihr kapiert, worum es bei dem Gespräch zwischen Mareike und diesem Herrn Seibold ging?«

Franzi schüttelte den Kopf. »Keine Ahnung.

Aber dieser Seibold war ganz schön genervt. Was immer Mareike von ihm wollte, es hat ihm offenbar nicht gefallen.«

»Ich werde nachher mal ein bisschen im Internet recherchieren«, sagte Kim und hüpfte von einem Bein aufs andere, um ihren Fuß wieder aufzuwecken. »Vielleicht kriege ich ja heraus, wer dieser Herr Seibold ist. Und morgen treffen wir uns zu einer Lagebesprechung, okay?« Sie sah auf ihre Armbanduhr. »Mist, ich muss los. Wenn ich zu spät zum Abendbrot komme, meckert meine Mutter wieder ewig herum. Sie ist sowieso schon sauer, weil ich in der letzten Englischarbeit schon wieder nur eine Drei geschrieben habe.«

»Verstehe ich nicht.« Franzi schüttelte den Kopf, während sie neben Kim und Marie über den schneebedeckten Asphaltweg zurück zum Osttor ging. »Meine Eltern wären froh, wenn ich in Englisch endlich mal eine Drei schreiben würde.«

»Deine Mutter ist ja auch keine Lehrerin.« Kim seufzte. »Jetzt will sie sogar jeden Tag meine Hausaufgaben kontrollieren und mich regelmäßig Vokabeln abfragen. Ist das nicht der Hammer? Schließlich gehe ich nicht mehr in die Grundschule!«

Marie sah Kim mitleidig an. »Vielleicht macht

deine Mutter gerade eine schwierige Phase durch. Das gibt sich bestimmt wieder.«

»Na hoffentlich ...«, murmelte Kim.

Sie waren bei ihren Fahrrädern angelangt, die gut versteckt hinter einem Zeitungskiosk standen. Die Straße hatte sich inzwischen geleert. Als Kim gerade ihr Fahrrad aufschloss, fiel ihr Blick auf ein Pärchen, das trotz des immer stärker werdenden Schneeregens ganz gemächlich an den Büro- und Geschäftshäusern vorbeischlenderte. Das Mädchen trug eine auffällige, feuerrote Mütze, unter der sich blonde Locken hervorkringelten. Sie hatte sich bei dem Jungen eingehakt. Kim schluckte. Trotz der Dunkelheit und der Entfernung erkannte sie den Jungen sofort. Sie hätte ihn jederzeit und überall wiedererkannt.

»Hey, ist das da drüben nicht Michi?«, fragte Franzi.

Marie kniff kurz die Augen zusammen, dann nickte sie. »Stimmt. Aber wer ist denn dieses Mädchen neben ihm? Ich glaube nicht, dass ich die schon mal gesehen habe. Kennst du sie, Kim?«

Kim schüttelte den Kopf. Sagen konnte sie nichts, weil ein dicker Kloß in ihrem Hals saß. Sie starrte wie hypnotisiert zu Michi und dem Mädchen hinüber. Jetzt beugte sich das Mädchen zu ihm, murmelte etwas in sein Ohr und lachte. Michi lachte ebenfalls. Die beiden wirkten sehr vertraut miteinander und unterhielten sich angeregt. Das heißt, eigentlich redete nur das Mädchen und Michi hörte zu. Sie waren so in ihr Gespräch vertieft, dass sie Kim, Marie und Franzi gar nicht bemerkten. Kim fiel auf, dass das Mädchen ausgesprochen gut aussah. Sie war einen halben Kopf kleiner als Michi, trug modische Fellstiefel, einen mit Pailletten bestickten Jeansrock und einen taillierten Wollblazer, der ihre gute Figur betonte. Natürlich war sie gertenschlank. Kim seufzte. So perfekt würde sie nie aussehen. Nicht einmal, wenn sie Tag und Nacht im Fitness-Studio trainierte und literweise Diät-Shakes in sich hineinkippte.

Kim räusperte sich. »Keine Ahnung«, krächzte sie, als Michi mit seiner Begleiterin hinter der nächsten Straßenecke verschwunden war. »Ich hab die Tussi auch noch nie gesehen.« Ihre Stimme gehorchte ihr nicht richtig, und sie spürte, wie Marie ihr einen aufmerksamen Blick zuwarf.

»Vielleicht war das ja eine Mitschülerin von ihm«, sagte Marie schnell. »Oder eine Verwandte. Ist bestimmt alles ganz harmlos.«

Franzi schüttelte den Kopf. »Das glaubst du doch selbst nicht! Hast du nicht gesehen, wie sie ihn angehimmelt hat? Das war garantiert seine Freundin.«

Franzis Worte trafen Kim wie Faustschläge in den Magen. Ihr wurde plötzlich schwindelig und sie hatte das Gefühl, den Boden unter den Füßen zu verlieren. Sie kam sich vor wie in ihrem schlimmsten Albtraum. Bloß dass sie nicht aufwachen würde. Denn das hier war kein Traum, sondern Wirklichkeit. Michi hatte eine Freundin!

»Alles in Ordnung mit dir, Kim?«, fragte Marie besorgt.

Kim nickte. »Sorry, aber ich muss jetzt wirklich los!« Sie schnappte sich ihr Fahrrad und düste davon.

»Morgen Nachmittag um drei bei mir!«, rief Franzi ihr nach. »Okay?«

Aber Kim antwortete nicht. Sie trat wie eine Wilde in die Pedale. Bloß weg hier! Sie wollte jetzt niemanden sehen und mit niemandem sprechen. Während sie durch den Schneeregen nach Hause fuhr, vermischten sich auf ihren Wangen die kalten Schneeflocken mit heißen Tränen.

Ein klarer Fall?!

Geheimes Tagebuch von Kim Jülich
Samstag, 20:54 Uhr

Heute ist eindeutig der schlimmste Tag meines Lebens. Ich kann es immer noch nicht richtig glauben, dabei habe ich es doch mit eigenen Augen gesehen: Michi hat eine Freundin!

Ich bin vorhin fast in Ohnmacht gefallen, als er plötzlich die Straße entlanglief. Und an seinem Arm hing diese gut aussehende Blondine mit einer völlig peinlichen knallroten Mütze auf dem Kopf. Total aufgetakelt und superschlank. Die hatte bestimmt noch nie in ihrem Leben Gewichtsprobleme und kennt Süßigkeiten höchstens aus der Werbung. Wahrscheinlich ernährt sie sich nur von Luft und Liebe. Dass Michi ausgerechnet auf so eine abfährt, hätte ich wirklich nicht gedacht.

Vor lauter Frust habe ich mein Diätprogramm unterbrochen und mir gerade eine ganze Tüte Gummibärchen reingezogen. Das waren bestimmt mindestens tausend Kalorien. Mist! Wenn ich mich so wenig im Griff habe, ist es natürlich kein Wunder, dass ich nicht abnehme. Andererseits: Will ich das überhaupt? Wenn Michi sowieso schon vergeben ist, kann ich doch eigentlich auch als dicke Planschkuh durch die Gegend laufen, oder?

Nein, nein, nein! Ich darf gar nicht erst anfangen, so zu denken. Und ich darf mich wegen Michi nicht so hängen lassen. Schließlich will ich nicht nur seinetwegen abnehmen, sondern auch meinetwegen. Weil ich mich einfach besser fühle, wenn ich ein paar Kilo leichter bin. Zumindest hoffe ich das.

Außerdem – wer weiß, wie lange das mit Michi und diesem Rotkäppchen hält. Vielleicht ist in ein paar Tagen ja schon wieder Schluss. Obwohl Michi eigentlich nicht der Typ für eine flüchtige Affäre ist. Aber man kann nie wissen. Statt gleich beim ersten Rückschlag aufzugeben, sollte ich lieber um ihn kämpfen. Genau! Ich werde Michi zurückerobern! Und zwar mit einem Sechs-Punkte-Plan:

Punkt 1: *Noch mehr trainieren, um schlank und muskulös zu werden.*

Punkt 2: *Gleich morgen eine Vorratspackung Diät-Shake kaufen, die alle überflüssigen Pfunde im Nu zum Schmelzen bringt. (Vorher Geld auftreiben! Taschengeldvorschuss von Mama oder Marie fragen!)*

Punkt 3: *Keine Gummibärchen mehr!*

Punkt 4: *Schokolade sowieso nicht!*

Punkt 5: *Neue, trendige Klamotten kaufen, Schminken lernen (evtl. Stilberatung bei Marie!)*

Punkt 6: *Sobald Michi in der Nähe ist, distanziert und selbstbewusst wirken (das soll eine Frau interessant und begehrenswert machen, hab ich irgendwo gelesen . . .)*

»Wahnsinn, du bist ja endlich mal wieder pünktlich!«, begrüßte Franzi Kim, als sie ihr am Sonntagnachmittag die Tür öffnete. »Musst du heute gar nicht zum Training?«

»Bin schon fertig«, antwortete Kim knapp und stellte ihre Sporttasche im Flur ab.

Sie war gleich nach dem Mittagessen ins Studio gefahren und hatte sich zwei Stunden lang abgerackert, um sich die Gummibärchen von gestern wieder abzutrainieren. Dann war sie trotz Schneetreibens und einer Außentemperatur von fünf Grad minus mit dem Fahrrad zu Franzi hinausgefahren. Busfahren war bis auf Weiteres gestrichen. Jedes bisschen Bewegung verbrannte schließlich Kalorien. Jetzt war Kim allerdings völlig durchgefroren und hatte überhaupt keine Lust auf Franzis dumme Sprüche.

Zum Glück kam in diesem Moment Frau Winkler, Franzis Mutter, aus der Küche und lächelte Kim zu. »Hallo, Kim! Schön, dass du dich auch mal wieder bei uns blicken lässt. Möchtest du ein Stück Kuchen? Ich habe gerade Kirschkuchen gebacken, er ist noch warm.«

Kim schnupperte. Tatsächlich, es roch eindeutig nach frischem Kuchen. Frau Winkler konnte super backen und Kim lief das Wasser im Mund zusammen, als sie an ein großes Stück ofenwarmen Kirschkuchen dachte, auf dem die Sahne zerfloss ... Aber sie beherrschte sich. Es kam gar nicht infrage, dass sie sich alle Kalorien, die sie sich gerade mühsam abtrainiert hatte, mit einem einzigen Stück Kuchen wieder anfraß.

»Nein danke«, sagte sie. »Ich hab gerade erst Mittag gegessen.«

Frau Winkler nickte ihr freundlich zu. »Wenn du später noch Appetit bekommst, bedien dich einfach. Der Kuchen steht in der Küche. Wollt ihr euch noch ein paar Kekse mit rübernehmen? Oder eine Kanne heißen Tee? Im Schuppen ist es doch bestimmt fürchterlich kalt. Ich verstehe wirklich nicht, warum ihr euch nicht lieber in dein Zimmer setzt, Franziska. Da ist es doch viel gemütlicher!«

Franzi verdrehte die Augen. »Wir wollen eben unsere Ruhe haben, Mama. Außerdem ist es im Schuppen kein bisschen kalt. Stefan hat nämlich endlich den Ofen repariert und ich hab schon vorgeheizt.« Sie griff nach Kims Arm und zog sie zur Haustür. »Komm, wir gehen schon mal nach drüben. Marie kommt bestimmt gleich.«

Frau Winkler sah ihnen kopfschüttelnd nach. »Macht bloß keinen Unsinn! Ihr plant doch nicht wieder irgendwelche gefährlichen Aktionen, oder?«

»Keine Sorge!«, rief Franzi zurück. »Wir wollen nur ein bisschen quatschen!«

Kim betrat hinter Franzi den alten Pferdeschuppen und wurde von warmer, trockener Heizungsluft empfangen.

»Super, dass der Ofen wieder funktioniert!«, sagte sie und zog ihre Jacke aus.

Franzi nickte. »Ich weiß gar nicht, was Mama hat. Ist doch richtig gemütlich hier. Willst du eine Tasse Tee? Oder ist das auch gegen deine Diätvorschriften?«

»Nein, Tee ist in Ordnung«, sagte Kim ruhig. Sie hatte sich vorgenommen, sich nicht mehr von Franzi provozieren zu lassen. Am besten beachtete sie ihre dummen Sprüche gar nicht. Kim setzte sich an den Tisch und sah sich im Schuppen um. Wegen der ausgefallenen Heizung und ihres täglichen Trainings war sie eine ganze Weile nicht mehr hier gewesen. Franzi hatte recht, der Schuppen war wirklich gemütlich. Die drei Freundinnen hatten ihn in mühsamer Kleinarbeit entrümpelt, geputzt und hergerichtet. An den Fenstern hingen bunte Gardinen, auf dem Boden lag ein alter Flickenteppich und auf dem Tisch standen eine dampfende Teekanne, drei Becher und eine Schale mit Keksen. An der linken Wand stand das Schmuckstück ihres Hauptquartiers, die alte Pferdekutsche, die sie blau angemalt und mit kleinen bunten Ausrufezeichen verziert hatten. Wenn sie etwas absolut Geheimes besprechen wollten, zogen sie sich in die Kutsche zurück und klappten das Verdeck hoch. So waren sie vor eventuellen Lauschangriffen geschützt. Franzi goss gerade Tee in die Becher, als Marie hereinstürmte. Ihre Wangen leuchteten rot von der Kälte.

»Hallo, Leute, entschuldigt die Verspätung«, begrüßte sie ihre Freundinnen und ließ sich auf einen Stuhl fallen. »Ich war noch mit Papa essen und das hat etwas länger gedauert. Er hat heute seinen drehfreien Tag. Beim Italiener haben wir übrigens Kommissar Peters getroffen. Ich soll euch schön grüßen!«

Kommissar Peters war ein Freund von Maries Vater und hatte den drei !!! schon mehrmals bei der Auflösung verzwickter Kriminalfälle geholfen.

»Danke!« Franzi reichte die Keksschale herum. Kim gab sie sofort an Marie weiter, ohne sich zu bedienen.

»Ich hab Kommissar Peters gefragt, ob er schon

etwas wegen der Schmierereien am Fitnessclub herausbekommen hat«, berichtete Marie. »Aber er meinte, dass er mit dem Fall nichts zu tun hat. Das macht ein Kollege von ihm.«

»Klar«, sagte Franzi. »Als Kommissar beschäftigt er sich natürlich nicht mit solchem Kleinkram.«

»Wie sollen wir denn jetzt weiter vorgehen?«, fragte Marie. »Hat jemand eine Idee?«

»Ich hab gestern Abend noch ein bisschen im Internet recherchiert und ein paar sehr interessante Dinge über diesen Herrn Seibold herausbekommen«, erzählte Kim und nahm einen Schluck von ihrem Tee. »Ihr werdet es nicht glauben, aber Heinz Seibold gehört der Fitnessclub *To Be Fit!* in der Südstadt.«

»Na, so was!«, rief Marie. »Das kann ja nun wirklich kein Zufall sein, oder?«

Kim schüttelte den Kopf. »Das glaube ich auch nicht. Aber wartet erst mal ab, es kommt noch dicker. *To Be Fit!* scheint es finanziell nicht besonders gut zu gehen. Die Mitgliederzahlen sind in den letzten Jahren kontinuierlich zurückgegangen und auf der Homepage des Studios häufen sich die Beschwerdezuschriften von Clubmitgliedern.«

»Das ist ja interessant«, sagte Franzi. »Und worum geht es da?«

»Einer hat sich zum Beispiel beschwert, weil die Fitnessgeräte total veraltet sind und keine neuen angeschafft werden«, antwortete Kim. »Außerdem fallen ständig die Aerobickurse aus, weil nicht genug Trainer da sind. Einmal ist offenbar sogar der Strom abgestellt worden, weil Herr Seibold die Stromrechnung nicht bezahlt hatte.«

»Also, wenn ihr mich fragt, klingt das ganz so, als würde *To Be Fit!* kurz vor der Pleite stehen«, folgerte Marie und blies in ihre dampfende Teetasse.

Kim nickte. »Den Eindruck hatte ich auch.«

»Und was heißt das jetzt für unseren Fall?«, fragte Franzi. »Ich hab immer noch keinen blassen Schimmer, was dieses geheime Treffen gestern zu bedeuten hatte. Ob Mareike Herrn Seibold nach einem Job gefragt hat? Immerhin scheint sie sich ja bei *Ritas Gym* nicht besonders wohlzufühlen. Aber Herr Seibold hat abgelehnt, weil er kein Geld hat, um neue Leute einzustellen. So könnte es doch gewesen sein, oder?«

Kim schüttelte den Kopf. »Das passt doch alles nicht zusammen. Warum hat sie dann am Handy von wichtigen Informationen geredet, die sie für Herrn Seibold hat?«

»Vielleicht müssen wir den Fall von einer ganz anderen Seite aufrollen«, sagte Marie. »Überlegt doch mal! Was würdet ihr machen, wenn euer

Fitness-Studio kurz vor der Pleite steht und die Mitglieder zur Konkurrenz überlaufen?«

»Ich würde gar nicht erst auf die Idee kommen, mir ein Fitness-Studio zuzulegen«, murmelte Franzi.

Marie seufzte. »Darum geht's doch jetzt gar nicht. Du sollst es dir schließlich nur vorstellen!«

Kim dachte angestrengt nach. »Vielleicht würde ich versuchen, die Konkurrenz auszuschalten, damit mein eigener Laden wieder besser läuft. Zum Beispiel mit gezielten Sabotageakten wie Graffiti an den Wänden.« Plötzlich begannen ihre Augen aufgeregt zu glitzern. »So langsam kapiere ich, was hier läuft. Mareike wollte keinen Job von Herrn Seibold – sie arbeitet bereits für ihn!«

»Du meinst, Mareike hat die Schmierereien im Auftrag von Herrn Seibold an die Fassade gesprüht?«, fragte Franzi ungläubig.

Kim nickte. »Na klar! Dieser Seibold macht sich mit so was bestimmt nicht selbst die Finger schmutzig. Darum hat er Mareike angeheuert, um die Drecksarbeit für ihn zu erledigen. Mit ihrer Hilfe will er die Konkurrenz ausschalten, um sein eigenes Studio zu retten. Die Frage ist nur, warum sich die beiden gestern gestritten haben.«

»Vielleicht ging es ja um Geld«, überlegte Marie laut und trank einen Schluck Tee.

Kim machte ein nachdenkliches Gesicht. »Gut möglich. Vielleicht wollte Mareike plötzlich mehr Geld, als vereinbart war. Sie hat irgendwann mal davon geredet, dass sie ständig pleite ist.«

»Das klingt zwar alles ganz plausibel, aber leider können wir Mareike und diesem Seibold nichts nachweisen«, stellte Franzi fest.

»Mist!«, schimpfte Kim. »Wir hätten das Gespräch im Park mit unserem Richtmikrofon aufnehmen sollen, dann hätten wir jetzt etwas gegen die beiden in der Hand.«

»Keine Panik«, sagte Marie. »Wir werden sie früher oder später auch so festnageln.«

»Am besten knöpfe ich mir Mareike gleich morgen vor und rede Klartext mit ihr«, beschloss Kim. »Dann soll sie entweder freiwillig zu Rita gehen und ihr alles beichten oder ich werde Rita informieren. Wer weiß, was Mareike sonst noch anstellt. Wir dürfen kein Risiko eingehen.«

Franzi nickte langsam und machte ein nachdenkliches Gesicht. »Stimmt. Nachher manipuliert sie noch die Geräte und es wird jemand verletzt.«

»Dann ist es also beschlossene Sache«, sagte Marie. »Kim kümmert sich darum, dass Mareikes Tarnung auffliegt und sie bei *Ritas Gym* kein Unheil mehr anrichten kann.«

»Und wenn Mareike aufgeflogen ist, geht es diesem sauberen Herrn Seibold ebenfalls an den Kragen«, sagte Franzi zufrieden.

»Ich hätte nicht gedacht, dass wir den Fall so schnell aufklären würden.«

»Wart's erst mal ab«, unkte Kim. »Noch ist es nicht so weit. Irgendwie werde ich das Gefühl nicht los, dass noch mehr hinter der Sache steckt ...«

Streit im Studio

Am Montag wollte sich Kim sofort nach dem Mittagessen auf den Weg ins Studio machen. Sie musste unbedingt mit Mareike reden, ehe diese eine neue Sabotageaktion starten konnte.

»Willst du etwa schon wieder ins Fitness-Studio?«, fragte Frau Jülich, als Kim mit geschulterter Sporttasche die Treppe hinunterkam. »Du hast doch gestern erst trainiert. Ich finde, du übertreibst es ein bisschen. Du solltest lieber etwas mehr Zeit in die Schule investieren. Hast du deine Hausaufgaben schon gemacht?«

»Wir haben heute nichts auf«, antwortete Kim wahrheitsgetreu.

»Und was ist mit den Englischvokabeln?«, wollte Frau Jülich wissen. »Ihr schreibt doch morgen einen Test, wenn ich mich richtig erinnere.«

Kim seufzte. Wenn es um schulische Dinge ging, hatte ihre Mutter leider ein phänomenales Gedächtnis. »Die Vokabeln lerne ich nachher, okay?«, sagte sie. »Nach dem Sport kann ich mich sowieso viel besser konzentrieren.«

In diesem Moment schoss ein Fußball über

das Treppengeländer im ersten Stock und flog nur ein paar Millimeter an Frau Jülichs Kopf vorbei. Kims Mutter zuckte zusammen.

»Ben! Lukas!«, rief sie ärgerlich. »Wie oft hab ich euch schon gesagt, dass ihr im Haus nicht Fußball spielen sollt?«

Sie schnappte sich den Ball und stürmte die Treppe hinauf, um den Zwillingen eine Standpauke zu halten. Kim nutzte die Ablenkung, um weiteren unangenehmen Fragen zu entgehen und unbemerkt zu verschwinden. Dabei grinste sie in sich hinein und bedankte sich im Stillen bei den Zwillingen für ihre unfreiwillige Hilfe. Manchmal waren kleine Brüder eben doch ganz nützlich!

Auf dem Weg zum Studio versuchte sie, sich innerlich auf das Gespräch mit Mareike vorzubereiten. Doch als sie den Club betrat, stand nicht Mareike hinter dem Empfangstresen, sondern eine andere Angestellte.

»Arbeitet Mareike heute gar nicht?«, fragte Kim.

»Doch, aber sie ist gerade bei der Chefin. Kann ich dir vielleicht weiterhelfen?« Die Angestellte lächelte ihr freundlich zu.

Kim schüttelte den Kopf und passierte mit ihrer Chipkarte das Drehkreuz. »Nein danke, nicht nötig.«

Auf dem Weg zum Umkleideraum kam Kim an Ritas Büro vorbei. Durch die angelehnte Tür konnte sie Ritas Stimme hören. Sie klang ungewöhnlich laut und aufgebracht. Kim blieb unwillkürlich stehen und spitzte die Ohren.

»Ich sollte dich auf der Stelle anzeigen! Wände mit verleumderischen Parolen zu beschmieren, ist schließlich kein Kavaliersdelikt. Das ist Sachbeschädigung! Weißt du eigentlich, was dir für eine Strafe blüht, wenn ich dich der Polizei übergebe?«

Jetzt ertönte Mareikes Stimme. Sie war viel leiser als Ritas und zitterte. »Bitte zeigen Sie mich nicht an! Meine Eltern drehen durch, wenn ich Ärger mit der Polizei kriege. Ich komme auch für den Schaden auf, den ich angerichtet habe. Versprochen!«

»Ach ja? Und wie willst du das anstellen?«, fragte Rita höhnisch. »Du hast doch bereits jede Menge Schulden beim Studio.«

»Ich werde jeden Cent abarbeiten. Zur Not mache ich eben Doppelschichten.«

»Bei dem Schuldenberg brauchst du selbst mit Doppelschichten Jahre, um alles abzuarbeiten«, sagte Rita. »Ich denke, ich rufe jetzt doch besser die Polizei.«

»Nein! Nicht!«, rief Mareike. »Wenn Sie mich anzeigen, verrate ich der Polizei, womit hier im

Studio das richtig große Geld verdient wird. Und dann sitzen Sie ganz schön in der Patsche.« Die letzten Worte zischte sie so leise, dass Kim sie kaum verstand. Mareikes Stimme hatte plötzlich einen bedrohlichen Unterton bekommen.

»Ich fasse es nicht! Versuchst du etwa gerade, mich zu erpressen?«, rief Rita wütend. »Ich warne dich, leg dich lieber nicht mit mir an! Außerdem hast du keinerlei Beweise.«

»Stimmt«, gab Mareike zu. »Aber wenn ich der Polizei einen Tipp gebe, wird es garantiert Nachforschungen geben. Und das wäre gar nicht gut für den Ruf des Studios.«

»Du kleines Miststück!«, Rita schnauzte Mareike an. »Was glaubst du eigentlich, wer du bist?« Sie hielt einen Moment inne, dann fuhr sie mit ruhigerer Stimme fort. »Na gut, diesmal werde ich Gnade vor Recht ergehen lassen und auf eine Anzeige verzichten. Aber wehe, du versuchst noch einmal, dem Studio zu schaden. Keine krummen Dinger mehr, klar? Und kein Sterbenswörtchen zu niemandem über das, was du hier gesehen hast. Sonst informiere ich sofort die Polizei. Hast du das verstanden?«

»Ja, alles klar«, murmelte Mareike widerwillig.

»Und jetzt gehst du nach draußen und entfernst endlich diese furchtbaren Schmierereien«, befahl Rita. »Du arbeitest heute so lange, bis auch der letzte Rest Farbe von der Mauer verschwunden ist.«

»Aber das schaffe ich nie an einem Nachmittag!«, beschwerte sich Mareike. »Außerdem muss ich um fünf weg.«

»Das hättest du dir vorher überlegen sollen«, sagte Rita kalt. »Na los, worauf wartest du noch? An die Arbeit – und zwar ein bisschen plötzlich.«

Kim hörte Schritte und konnte sich gerade noch rechtzeitig hinter dem Getränkeautomaten in Sicherheit bringen, bevor Mareike aus Ritas Büro schoss und wütend die Tür hinter sich zuknallte. Ihr Gesicht war knallrot und ihre Augen waren verquollen. Offenbar hatte sie geweint.

»So eine hundsgemeine Mistkuh!«, murmelte sie, als sie am Getränkeautomaten vorbei in Richtung Ausgang stapfte.

Kim sah ihr verwirrt hinterher. Sie überlegte gerade, ob sie Mareike folgen sollte, als sich die Tür noch einmal öffnete und Rita auf den Flur trat. Ihr Gesicht war undurchdringlich und zeigte nicht die geringste Spur von Wut oder Ärger. Wenn Kim das Gespräch nicht mit eigenen Ohren gehört hätte, wäre sie nie auf die Idee gekommen, dass Rita sich gerade heftig mit Mareike gestritten hatte.

Als Rita Kim erblickte, setzte sie ihr professionelles Kundenbetreuungslächeln auf und flötete:

»Hallo, Kim! Du willst wohl den Preis als fleißigste Kundin des Monats gewinnen, was? Kann ich dir irgendwie helfen?«

Kim schüttelte den Kopf. »Nein, danke.« Sie zeigte auf den Getränkeautomaten. »Ich wollte mir nur gerade einen Energy-Drink holen, aber ich hab leider nicht genug Kleingeld.«

»Kein Problem, ich wechsel dir was«, sagte Rita. »Komm mit zur Kasse, das haben wir gleich.«

Nachdenklich folgte Kim der Studiochefin zum Empfangstresen. Obwohl Rita jetzt wieder die Freundlichkeit in Person war, war Kim auf der Hut. Sie wusste nun, dass Rita auch noch ein ganz anderes, sehr viel unangenehmeres Gesicht hatte.

Detektivtagebuch von Kim Jülich
Montag, 17:15 Uhr

Jetzt ist es amtlich: Mareike hat die Parolen auf die Fassade des Fitnessclubs gesprüht. Wir hatten also tatsächlich den richtigen Riecher. Aber deswegen ist der Fall noch lange nicht aufgeklärt. Im Gegenteil, im Moment ist alles undurchsichtiger denn je.

Komischerweise wusste Rita nämlich schon, dass Mareike die Täterin ist. Ich habe mitbekommen, wie sich die beiden heftig deswegen gestritten haben. Wie Rita wohl dahintergekommen ist?

Aber noch merkwürdiger ist, dass Rita Mareike nicht bei der Polizei angezeigt hat. Offenbar hat Mareike irgendetwas gegen das Studio in der Hand. Habe leider nicht mitbekommen, was. Doch ich bin mir ganz sicher, dass hier der Schlüssel zur Lösung des Falls liegt.

Außerdem hat Mareike offenbar Schulden beim Studio. Wir müssen unbedingt herauskriegen, weshalb. Das könnte allerdings ein hartes Stück Arbeit werden. Freiwillig erzählt uns Mareike bestimmt nichts. Ich wollte heute nach dem Training mit ihr reden, als sie gerade dabei war, die Schmierereien zu entfernen. Aber sie hat total abgeblockt. Hat nur wie eine Wilde an der Fassade herumgeschrubbt und ist überhaupt nicht auf meine Fragen eingegangen. Sie vertraut mir nicht, weil sie denkt, dass ich auf Ritas Seite bin. Ich habe keine Ahnung, wie ich an sie herankommen soll.

Aus Rita werde ich auch nicht richtig schlau. Den Kunden gegenüber ist sie immer wahnsinnig nett und zuvorkommend, aber beim Streit mit Mareike ist sie heute zu einer richtigen Furie geworden. Ich hätte nicht gedacht, dass sie so hart und gemein sein kann. Obwohl ich natürlich verstehen kann, dass sie wegen der Schmierereien sauer auf Mareike ist. Alles sehr merkwürdig.

Werde jetzt erst mal Franzi und Marie anrufen und sie über die neuesten Entwicklungen in unserem

Fall informieren. Die werden sich wundern! Und dann muss ich die blöden Englischvokabeln für den Test morgen lernen. Mama will mich nachher noch abfragen. Igitt.

Geheimes Tagebuch von Kim Jülich
Dienstag, 18:05 Uhr

Habe mit dem Sechs-Punkte-Plan begonnen und mir eine Wochenpackung Diät-Shakes gekauft. Allerdings kann ich noch keine großen Erfolge feststellen, obwohl ich mich nun schon seit drei Tagen fast ausschließlich von dem Zeug ernähre. Aber meine Jeans sitzen immer noch genauso eng wie vorher. Dabei steht auf der Packung, dass man in einer Woche garantiert mindestens sechs Pfund abnimmt, wenn man viermal am Tag ein Glas trinkt. Mir hängt das Zeug jetzt schon zum Hals raus. Schmeckt wie eingeschlafene Füße. Dabei habe ich extra Erdbeergeschmack genommen, weil ich Erdbeeren eigentlich total gerne mag. Aber dieses Diätzeug schmeckt nur nach Chemie. Eigentlich eine Unverschämtheit, wenn man bedenkt, wie teuer es ist. Ich hab mir das Geld von Marie geliehen. Allerdings hab ich ihr nicht erzählt, wofür ich es brauche. Ich will nicht, dass sie auch noch anfängt, dumme Sprüche zu machen, so wie Franzi. Außerdem soll der Sechs-Punkte-Plan mein Geheimnis bleiben. Das geht niemanden etwas an, nicht einmal Franzi und Marie! Dann ist es auch nicht so schlimm, wenn der Plan nicht funktioniert und ich mich total lächerlich mache.

Zum Glück hat Marie keine Fragen gestellt. Sie hat einfach einen Fünfzig-Euro-Schein aus ihrem Portmonnaie geholt und ihn mir in die Hand gedrückt. Echt nett von ihr! Die Schulden muss ich jetzt von meinem Taschengeld abstottern. Ganz schön teuer, so eine Idealfigur!

Habe Marie außerdem gestern am Telefon ganz beiläufig gefragt, wie das mit dem Schminken so funktioniert. Sie hat mir ein paar super Tipps gegeben. Ich habe es sofort ausprobiert (mit Mamas Schminksachen, ich selbst hab gar keine). Sah leider nicht so toll aus. Die Wimperntusche ist total verschmiert und der Lidschatten war viel zu kräftig. Ich sah aus wie ein Papagei! Na ja, was soll's. Ich werde einfach so lange üben, bis ich es kann. Und dann fällt Michi glatt in Ohnmacht vor Begeisterung, wenn er mich sieht. Und die dumme Rotkäppchen-Tussi ist Vergangenheit. Ha!

Na dann, Prost!

»Endlich Freitag!«, seufzte Kim, als sie in der zweiten großen Pause mit Franzi auf dem Schulhof stand und an einer Mohrrübe knabberte. »Ich dachte schon, die Woche geht nie zu Ende!«

»Denk dran, dass wir heute Nachmittag Clubtreffen haben«, erinnerte sie Franzi. »Du kommst doch, oder?«

Kim nickte. »Klar. Ich muss aber vorher noch zum Training.«

»Hätte ich mir ja denken können.« Franzi verdrehte die Augen. »Aber wenn du sowieso schon im Studio bist, versuch doch noch mal, mit Mareike zu reden. Solange wir nicht wissen, was sie gegen Rita in der Hand hat, kommen wir keinen Schritt weiter.«

»Keine Chance«, sagte Kim bedauernd. »Aus der kriege ich nichts heraus. Spätestens seit ich letzte Woche die Diät-Shakes gekauft habe, bin ich bei ihr komplett unten durch.«

Franzi runzelte die Stirn. »Du hast Diät-Shakes gekauft? Warum das denn?«

Kim hätte sich am liebsten auf die Zunge gebissen. So ein Mist, jetzt hatte sie sich verplappert! »Ach, ich wollte nur mal ausprobieren, wie das Zeug schmeckt. Außerdem gab's das gerade im Sonderangebot«, antwortete sie nicht ganz wahrheitsgetreu.

Franzi schüttelte den Kopf. »Ich fass es nicht! Du entwickelst dich immer mehr zu einer zweiten Chrissie. Die trinkt auch ständig diese Shakes, obwohl sie es überhaupt nicht nötig hat abzunehmen – genau wie du übrigens. Aber das glaubst du mir ja sowieso nicht.« Franzi sah Kim eindringlich an. »Langsam mache ich mir ernsthafte Sorgen um dich. Es kommt mir fast so vor, als hätten sie dir im Fitness-Studio so eine Art Gehirnwäsche verpasst. Du bist in letzter Zeit nur noch auf deine Figur und aufs Abnehmen fixiert. Das ist doch nicht normal!«

»Quatsch«, sagte Kim. »Jetzt übertreibst du aber! Mach dir keine Sorgen, mit mir ist alles in Ordnung.«

Franzi sah nicht sonderlich überzeugt aus, aber zum Glück beendete die Pausenklingel in diesem Moment das Gespräch, sodass Kim sich nicht weiter rechtfertigen musste.

»Noch zwei Stunden, dann ist Wochenende«, freute sich Franzi, während sie neben Kim das Schulgebäude betrat.

Kim verzog das Gesicht. »Aber vorher hab ich

leider noch eine Doppelstunde Englisch. Wir kriegen heute den Vokabeltest zurück. Mist, den hab ich bestimmt verhauen!«

Franzi klopfte ihr aufmunternd auf die Schulter. »Ach was, wird schon nicht so schlimm werden. Und selbst wenn – schließlich ist es nur ein blöder Vokabeltest.«

Kim seufzte. Sie wünschte, ihre Mutter würde das auch so locker sehen ...

Als Kim nachmittags das Fitness-Studio betrat, stand Chrissie gerade am Empfangstresen und war in ein Gespräch mit Rita vertieft. Kaum kam Kim näher, verstummten die beiden.

»Sorry, ich wollte nicht stören«, sagte Kim. »Aber ich hab eine Frage wegen der Diät-Shakes.«

Rita lächelte. »Kein Problem. Wir waren sowieso gerade fertig.« Sie wandte sich an Chrissie. »Mach dir keine Sorgen, wir kriegen das schon hin. Ich sag dir Bescheid, sobald ich Genaueres weiß, okay?«

Chrissie strahlte Rita an. »Toll, vielen Dank, Rita! Das ist echt irre nett von dir!« Dann tänzelte sie zu den Laufbändern hinüber, ohne Kim eines Blickes zu würdigen. So gut gelaunt hatte Kim Franzis Schwester schon seit Wochen nicht mehr gesehen.

»Worum ging's denn gerade?«, fragte Kim neugierig.

Täuschte sie sich oder wurde Ritas Lächeln plötzlich eine Spur kälter?

»Ach, nicht so wichtig«, antwortete Rita und winkte ab. »Chrissie hat sich nur nach einer besonderen Schönheitsbehandlung erkundigt, die nicht ganz billig ist. Aber wir geben unseren Stammkunden natürlich gerne Kredit. Das gehört bei uns zum Service.«

»Hat das Studio Mareike auch Kredit gegeben?«, rutschte es Kim heraus.

Rita sah sie scharf an. »Mareike? Wieso? Wie kommst du denn darauf?«

»War nur so eine Vermutung«, sagte Kim schnell, um ihren Fehler wieder auszubügeln. »Weil sie immer so viel hier arbeitet.«

»Mareike hat sich finanziell in der Tat etwas übernommen«, stellte Rita fest. »Ich kenne niemanden, der so viel Geld für Fitnessriegel und Diät-Shakes ausgegeben hat wie sie. Und unsere Fitnessprodukte sind nun mal nicht ganz billig.«

»Mareike hat Fitnessprodukte gekauft?«, fragte Kim ungläubig. Damit hatte sie nach Mareikes abfälligen Bemerkungen nun wirklich nicht gerechnet.

»Tja, man sieht es ihr nicht an, stimmt's?«

Ritas Mundwinkel kräuselten sich spöttisch. »Bei manchen Menschen liegt das Übergewicht eben in den Genen, da helfen selbst die besten Diätprodukte nichts.« Als sie Kims bestürztes Gesicht sah, fügte sie schnell hinzu: »Aber bei dir ist das natürlich nicht so. Wie kommst du denn mit dem Erdbeer-Diät-Shake zurecht? Die Wochenpackung müsste ja inzwischen bald aufgebraucht sein. Möchtest du eine neue kaufen? Probier doch mal Banane, das trinke ich selbst auch immer. Ist wirklich sehr lecker!«

Kim schüttelte den Kopf. »Vielen Dank, aber mein Getränkepulver reicht noch für ein paar Tage. Außerdem hab ich im Moment kein Geld für eine neue Packung.«

»Aber das ist doch überhaupt kein Problem!« Rita schob Kim zur Sitzecke hinüber, drückte sie aufs Sofa und nahm neben ihr Platz. »Für solche Fälle haben wir schließlich unser spezielles Finanzierungsangebot für Schüler. Denn auch Schüler sollen in den Genuss eines schönen, schlanken Körpers kommen, in dem sie sich wohlfühlen.«

»Aha«, sagte Kim, die sich etwas überrumpelt fühlte. »Und wie funktioniert das?«

»Ganz einfach: Du bekommst so viel Diät-Shakepulver, wie du möchtest, und zahlst keinen Cent dafür«, erklärte Rita. Kim machte ein skeptisches Gesicht. »Das klingt ja fast zu schön, um wahr zu sein. Und wo ist der Haken?«

Rita lächelte. »Es gibt keinen Haken! Natürlich musst du das Geld später zurückzahlen, das ist ja klar. Aber weil wir wissen, dass Schüler normalerweise über keinen allzu großen finanziellen Spielraum verfügen, bieten wir auch noch eine andere Möglichkeit der Rückzahlung an. Du arbeitest einfach ab und zu hier im Studio, dann bist du deine Schulden in null Komma nichts wieder los.«

»So wie Mareike?«, fragte Kim. »Und die Mädchen, die die Lose für die Tombola in der Stadt verkauft haben?«

Rita nickte. »Ganz genau. Eine andere Möglichkeit der Schuldenreduzierung ist die Akquise von Neukunden. Für jedes neue Mitglied, das du anwirbst, werden dir dreißig Euro erlassen. Ist das nicht toll?«

Kim runzelte die Stirn. »Ich weiß nicht ...«

»Ich will dich natürlich zu nichts drängen«, sagte Rita. Ihre Stimme klang zuckersüß. »Denk in Ruhe darüber nach. Aber ich finde, du solltest auf jeden Fall mit deiner Diät weitermachen. Gerade jetzt, wo erste Erfolge zu sehen sind, wäre es sehr schade, wenn du die Diät abbrichst, nur weil du einen kleinen finanziellen Engpass hast.«

»Aber das ist es ja gerade«, sagte Kim und seufzte. »Ich sehe leider überhaupt keinen Erfolg. Dabei tue ich wirklich alles, um abzunehmen: Ich gehe regelmäßig zum Training, esse keine Süßigkeiten mehr, ernähre mich so gesund wie möglich und trinke dreimal am Tag einen Diät-Shake. Kann es sein, dass das Pulver vielleicht bei manchen Menschen nicht richtig wirkt?«

Rita lächelte Kim aufmunternd zu. »Die Diät-Shakes wirken garantiert, verlass dich drauf. Auch bei dir. Du musst nur ein bisschen Geduld haben. Nach einer Woche kannst du wirklich noch keine Wunder erwarten. Aber warte erst mal ab, wie du in zwei bis drei Monaten aussiehst!«

»Zwei bis drei Monate?«, fragte Kim entsetzt. »Bis dahin bin ich ja bis über beide Ohren verschuldet!«

»Mach dir keine Sorgen«, sagte Rita. »Das kriegen wir schon hin.«

Kim fiel auf, dass sie die gleichen Worte eben schon bei Chrissie benutzt hatte. In was wollte Rita sie da hineinziehen?

Kim stand auf. »Vielen Dank für die Beratung. Ich werde es mir durch den Kopf gehen lassen.« Sie griff nach ihrer Sporttasche. »Ach ja, da fällt mir noch was ein. Ich hab mir mal die Inhaltsstoffe der Diät-Shakes angesehen. Auf der Packung steht, dass das Pulver auch Zucker enthält. Stimmt das?«

Rita gefror das Lächeln auf dem Gesicht, ihre Stimme blieb aber dennoch freundlich. »Natürlich enthält das Pulver auch Süßungsmittel, sonst wäre es nicht so wohlschmeckend.«

»Aber wenn man abnehmen will, sollte man doch eigentlich keinen Zucker zu sich nehmen, oder?«, hakte Kim nach. »Zucker macht schließlich dick.«

»Das kommt immer auf die Menge an«, erklärte Rita und stand ebenfalls auf. »Du solltest dir über die Inhaltsstoffe wirklich nicht den Kopf zerbrechen. Sie sind von führenden Wissenschaftlern sorgfältig zusammengestellt worden. Die Shakes enthalten alle wichtigen Nährstoffe. Wir beziehen die Produkte von unserem Mutterkonzern, dem auch *Ritas Gym*-Studio angehört. *Gym For You* ist Marktführer im Bereich der Fitness- und Diätprodukte – und zwar schon seit Jahren.«

»Das ist ja alles gut und schön, aber ich würde trotzdem gerne wissen ...«, fing Kim an, aber Rita unterbrach sie.

»Tut mir wirklich leid, aber ich sehe gerade, dass mein nächster Termin am Empfang schon auf mich wartet. Viel Spaß noch beim Training,

Kim, und bleib weiterhin so fleißig!« Rita schenkte Kim noch ein ziemlich unterkühltes Lächeln, dann rauschte sie davon.

Kim machte sich langsam auf den Weg zum Umkleideraum. Warum hatte Rita auf ihre harmlose Frage zu den Inhaltsstoffen der Diät-Shakes so allergisch reagiert? Sie hatte Kim ja richtiggehend abgewürgt. Ob mit den Diätprodukten irgendetwas nicht stimmte?

»Ich verstehe ja sowieso nicht, wie du das Zeug überhaupt kaufen konntest«, sagte Franzi und betrachtete mit angeekeltem Gesichtsausdruck den Erdbeerdrink, den Kim gerade in einem hohen Glas mit frischer Milch anrührte. »Guck dir doch nur mal die Farbe an! Schweinchenrosa – das ist doch reine Chemie!«

Die drei !!! hatten sich zum Clubtreffen in ihrem Hauptquartier versammelt und Kim hatte den anderen natürlich sofort von dem Gespräch mit Rita erzählt.

»Kann schon sein«, gab Kim zu. »Von den meisten Inhaltsstoffen, die auf der Packung angegeben sind, kann ich noch nicht einmal die Namen aussprechen. Aber so richtig misstrauisch bin ich erst geworden, als Rita so abweisend reagiert hat. Sie wollte eindeutig vermeiden, dass ich genauer nachfrage.« Sie reichte Franzi das Glas mit dem rosafarbenen Drink. »Bitte schön – zum Wohl.«

Franzi nahm einen kleinen Schluck und zog eine Grimasse. »Igitt! Das schmeckt ja ekelig! Total künstlich. Und ziemlich süß. Da ist garantiert jede Menge Zucker drin.«

»Lass mich auch mal probieren«, sagte Marie und schnappte sich das Glas. Sie schwenkte es fachmännisch wie eine Weinkennerin, hielt es prüfend gegen das Licht und trank schließlich ebenfalls einen Schluck. »Du hast recht, schmeckt wirklich ganz schön süß für einen Diätdrink.«

»So eine Gemeinheit!«, schimpfte Kim. »Das Pulver kostet ein Heidengeld – und dann ist es voller Zucker! Kein Wunder, dass ich nicht abgenommen habe!«

»Das ist Betrug, ganz klar«, stellte Franzi fest. »Damit ziehen sie den Clubmitgliedern systematisch das Geld aus der Tasche.«

»Manche Mitglieder verschulden sich sogar, um die teuren Diätprodukte zu kaufen«, sagte Kim und erzählte von Ritas ominösem Kreditangebot. »Übrigens hab ich Rita und Chrissie heute bei einem sehr angeregten Gespräch gestört. Angeblich ging es um eine besondere Schönheitsbehandlung. Genaueres hab ich leider nicht mitgekriegt.«

Franzi runzelte die Stirn. »Hoffentlich hat sich Chrissie nicht auf irgendeinen Mist eingelassen. Sie ist momentan so verblendet von ihrem Schönheitswahn, dass ich ihr alles Mögliche zutrauen würde.«

»Bevor wir anfangen, wild herumzuspekulieren, sollten wir erst einmal die wichtigste Frage klären«, sagte Marie. »Wie können wir nachweisen, dass die Diätdrinks reiner Betrug sind?«

»Wir müssten eine chemische Analyse der Inhaltsstoffe durchführen«, überlegte Franzi laut. »Nur dann wissen wir wirklich, was die Drinks enthalten.«

»Also, ich bin eine totale Niete in Chemie«, gab Marie zu. »Wie sieht's bei euch aus?«

»Vergiss es«, sagte Franzi. »In der letzten Chemiearbeit hab ich eine glatte Fünf geschrieben.«

Kim schwieg. Ihr war gerade etwas eingefallen, aber sie war sich nicht sicher, ob ihr der Gedanke gefiel. »Ich wüsste vielleicht jemanden, der uns helfen könnte«, sagte sie langsam. »Obwohl ...«

»Obwohl was?«, fragte Franzi. »Spuck's schon aus!«

»Na ja ... Michi hat doch letztens erzählt, dass er einen Chemiebaukasten zu Weihnachten bekommen hat ...« Kaum hatte Kim Michis Namen ausgesprochen, sah sie ihn auch schon wieder vor sich – mit dem blonden Rotkäppchen an seiner Seite. Sie schluckte. Vielleicht hätte sie Michi besser gar nicht erwähnt. Aber jetzt war es zu spät.

»Richtig!«, rief Franzi. »Das hatte ich ja komplett vergessen! Michi hilft uns bestimmt gerne. Am besten, wir rufen ihn gleich an.«

Franzi zückte ihr Handy. Kurze Zeit später hatte sie Michi an der Strippe und erklärte ihm, worum es ging.

»Du würdest uns wirklich sehr helfen, wenn du das Pulver analysierst«, sagte Franzi. »Wir sind nämlich alle drei totale Nieten in Chemie.« Sie lachte. »Ja, genau ... Super, das ist echt nett von dir ... Okay, dann bring ich dir das Pulver morgen vorbei ...« Sie lachte wieder. »Ich freu mich auch. Also, bis dann!«

Kim merkte, wie es in ihr zu brodeln begann. Musste sich Franzi denn gleich mit Michi verabreden? Und dann auch noch bei ihm zu Hause? Das passte ihr gar nicht ...

Franzi grinste, während sie das Handy ausschaltete. »Michi ist echt ein netter Kerl«, stellte sie fest. »Und so was von hilfsbereit!«

»Vergiss nicht, dass er schon eine Freundin hat«, sagte Kim giftig. »Deine Flirtversuche sind also völlig nutzlos.«

Franzi zog eine Augenbraue hoch. »Flirtversuche?«, fragte sie überrascht. »Ich hab doch gar nicht mit Michi geflirtet!«

»Ach nein? Und warum hast du dann ständig so blöd gelacht? Und dich gleich bei ihm zu Hause eingeladen?«, fuhr Kim ihre Freundin an.

»Jetzt mach aber mal einen Punkt!«, sagte Franzi scharf. »Ich war nur freundlich, sonst nichts. Und dass ich ihm das Pulver vorbeibringe, ist ja wohl das Mindeste, wenn er schon so nett ist, uns zu helfen. Was ist eigentlich los mit dir?«

»Hey, keinen Streit, okay?« Marie hob beschwichtigend die Hände. »Kim hat es bestimmt nicht so gemeint. Stimmt's, Kim?«

Kim biss sich auf die Unterlippe. »Stimmt, tut mir leid. Ich hab wohl gerade etwas überreagiert.«

»Etwas ist gut!« Franzi klang immer noch empört. »Als ob ich was mit Michi anfangen würde! So ein Quatsch!«

»Na also, dann hätten wir das ja geklärt«, sagte Marie. »Jetzt warten wir erst mal ab, was Michi bei seiner Analyse herausfindet, und dann sehen wir weiter.«

Gefährliche Ermittlungen

Kim trat aus der Parfümerie, betrachtete ihr Gesicht in der Schaufensterscheibe und lächelte zufrieden. Die Kosmetikerin hatte wirklich ganze Arbeit geleistet. Das Make-up, das sie Kim aufgetragen hatte, wirkte völlig natürlich und betonte ihre braunen Augen. Erstaunlich, was ein bisschen Schminke alles bewirken konnte, wenn man richtig damit umzugehen wusste!

Kim hatte zufällig in der Zeitung von der kostenlosen Schminkaktion in der Parfümerie Rose gelesen und sofort beschlossen, diese Gelegenheit zu nutzen, um ihre katastrophalen Schminkkenntnisse ein bisschen zu verbessern. Ob sie das Make-up zu Hause auch so perfekt hinkriegen würde, war allerdings eine ganz andere Frage …

Kim wollte gerade weitergehen, als plötzlich jemand ihren Namen rief.

»Kim! Warte!«

Kim erstarrte und drehte sich dann langsam um. Vom anderen Ende der belebten Einkaufsstraße kam Michi auf sie zugerannt. Kims Herz schlug einen Purzelbaum und raste plötzlich los wie ein wild gewordenes Rennpferd. Zum Glück war Michi heute allein unterwegs. Kim hätte es nicht ertragen, ihn in trauter Zweisamkeit mit Rotkäppchen durch die Fußgängerzone schlendern zu sehen.

»Hallo, Kim!«, keuchte Michi und blieb vor ihr stehen. »Gut, dass ich dich treffe!«

Michi lächelte und Kim bekam sofort weiche Knie. Sie atmete einmal tief durch und rief sich den letzten Punkt ihres Sechs-Punkte-Plans ins Gedächtnis: *Sobald Michi in der Nähe ist, distanziert und selbstbewusst wirken.*

Sie musste jetzt ganz ruhig bleiben. Das neue Make-up gab ihr Selbstvertrauen und sie schaffte es, einen coolen Gesichtsausdruck aufzusetzen. Michi durfte auf keinen Fall merken, wie sehr sie sich freute, ihn zu sehen.

»Hi«, sagte Kim lässig und fuhr sich mit der Hand durch die Haare, die sie zum Glück heute früh noch gewaschen hatte. »Wie läuft's denn so?«

»Ich hab schon versucht, Franzi zu erreichen, aber sie geht nicht an ihr Handy«, redete Michi drauflos. »Ich hab das Pulver analysiert, das Franzi mir vorbeigebracht hat.«

»Tatsächlich?« Kim zog eine Augenbraue hoch. »Na, das wurde aber auch Zeit.«

Michi stutzte. »Tut mir leid ... aber ich hatte ziemlich viel um die Ohren in letzter Zeit ...«

»Kann ich mir vorstellen.« Kim lächelte wissend. »Am Anfang will man ja immer jede Minute mit seiner Neuen verbringen, nicht wahr?«

Michi machte ein verwirrtes Gesicht. »Wovon redest du?«

»Leugnen ist zwecklos«, sagte Kim. »Ich hab euch neulich zusammen gesehen. Rot ist jetzt wohl deine neue Lieblingsfarbe, was?«

»Ach so, jetzt weiß ich, was du meinst!« Michi machte ein erleichtertes Gesicht. »Klar, rot fand ich schon immer toll. Wie findest du sie denn? Hat sie dir gefallen?«

Kim merkte, wie sie wütend wurde. Wollte Michi jetzt tatsächlich von ihr wissen, wie sie seine Freundin fand?

»Geht so«, antwortete sie kühl. »Ein bisschen zu aufgedonnert für meinen Geschmack. Aber ehrlich gesagt hab ich sie mir gar nicht so genau angeschaut.«

»Also, ich finde sie einfach wunderschön!« Michis Augen bekamen einen schwärmerischen Ausdruck. »Als ich sie das erste Mal gesehen habe, wusste ich sofort: die oder keine!«

»Liebe auf den ersten Blick, was?«, fragte Kim und versuchte, spöttisch zu klingen. Aber es gelang ihr nicht richtig.

Michi nickte. »Genau! Mann, ich bin so was von stolz! Hat ja auch lange genug gedauert, bis es so weit war. Willst du sie vielleicht mal sehen? Sie steht gleich hier um die Ecke.«

Kim schluckte. Michi schien tatsächlich richtig verliebt in diese blöde Rotkäppchen-Tussi zu sein! Das musste sie sich wirklich nicht länger anhören. Und persönlich kennenlernen wollte sie die dumme Kuh schon gar nicht.

»Dann lass deinen Schatz mal lieber nicht zu lange warten.« Kim versuchte, ein undurchdringliches Gesicht zu machen. Michi sollte auf keinen Fall merken, wie sehr ihr seine Begeisterung zu schaffen machte. »Sorry, aber ich muss jetzt wirklich los. Hab gleich noch Training …«

Sie wandte sich zum Gehen, doch Michi hielt sie zurück. »Moment mal! Willst du denn gar nicht wissen, was bei der Analyse herausgekommen ist?«

Kim drehte sich noch einmal um. Den Fall hatte sie einen Moment lang komplett vergessen. »Doch, klar«, sagte sie schwach. »Schieß los!«

Michi zog ein Blatt Papier aus der Hosentasche und reichte es Kim. »Ich hab alle Inhaltsstoffe aufgeschrieben, die ich herausgefunden habe. Die meisten stimmen mit denen überein, die auf der Packung angegeben sind. Auffällig sind jedoch die vielen Farbstoffe, der Geschmacksverstärker und der Traubenzucker. Für genaue Mengenangaben müsstet ihr das Pulver allerdings zur Analyse an ein richtiges Labor schicken, dafür reicht mein Chemiebaukasten nicht aus. Aber eins kann ich mit Sicherheit sagen: Besonders gesund ist das Zeug bestimmt nicht. Und für eine Diät ist es wegen des Traubenzuckers meiner Meinung nach auch nicht geeignet.«

»Na toll!«, murmelte Kim, während sie den Zettel faltete und in ihre Jackentasche steckte. »Dann hab ich mir das Zeug also für nichts und wieder nichts reingequält ...«

»Sag bloß, du willst abnehmen!« Michi sah sie ungläubig an. »Das hast du doch gar nicht nötig!«

»Ach nein?«, fragte Kim spöttisch. »Erzähl mir bitte nicht, was ich nötig habe! Schließlich stehst du doch selbst auf den magersüchtigen Model-Typ!«

Dann drehte sie sich auf dem Absatz um und ließ Michi stehen, ohne sich von ihm zu verabschieden. So ein Heuchler! Warum gab er nicht wenigstens zu, dass er auf schlanke Mädchen stand? Während Kim mit gesenktem Kopf durch die Fußgängerzone eilte, blinzelte sie die Tränen weg. Ab sofort würde sie keinen Gedanken mehr an Michi verschwenden. Dieser Idiot war für sie gestorben. Sollte er doch mit seinem Rotkäppchen glücklich werden!

Als Kim ihr Fahrrad erreicht hatte, blieb sie stehen, holte ein Taschentuch heraus und putzte sich ausgiebig die Nase. Dann hob sie den Kopf und straffte die Schultern. Heulen brachte sie auch nicht weiter. Und wenn Michi auf Mädchen wie dieses Rotkäppchen abfuhr, war er sowieso keine einzige Träne wert. Am besten konzentrierte sie sich jetzt ganz auf den Fall. Das würde sie ablenken und die deprimierenden Gedanken an Michi verscheuchen. Immerhin wussten sie jetzt dank seiner Analyse, dass das Diätpulver tatsächlich nicht zum Abnehmen geeignet war. Aber Kim hatte das sichere Gefühl, dass das längst nicht alles war. Bei *Ritas Gym* war garantiert noch mehr faul. Und eine Person hielt offenbar alle Fäden in der Hand: Rita. Kim beschloss, sie in nächster Zeit genau im Auge zu behalten ...

Als Kim wenig später ins Studio kam, war die Angestellte hinter dem Empfangstresen gerade mit telefonieren beschäftigt.

»Tut mir leid, Rita ist nicht da ... Das kann ich Ihnen leider nicht sagen, sie hat heute Nachmittag einen Außentermin ... Versuchen Sie es doch einfach morgen noch mal ...«

Kim passierte das Drehkreuz und ging in Richtung Umkleideraum. Als sie an Ritas Büro vorbeikam, blieb sie stehen. Wenn Rita heute einen Außentermin hatte, war das doch die ideale Gelegenheit, ihr Büro ein bisschen unter die Lupe zu nehmen, oder? Kim zögerte. Ihre Hände wurden plötzlich eiskalt und das Herz begann in ihrer Brust zu hämmern. Wenn sie entdeckt wurde, würde sie ganz schöne Schwierigkeiten bekommen. Sollte sie das Risiko wirklich eingehen?

Aber dann siegte Kims Jagdfieber über die Angst. Sie musste unbedingt herausfinden, was Rita im Schilde führte. Vielleicht hatte sie ja irgendwelche belastenden Unterlagen in ihrem Büro. Kim vergewisserte sich mit einem schnellen Blick, dass sie allein auf dem Flur war, und drückte die Türklinke hinunter. Ein Glück – die Tür war nicht abgeschlossen! Kim sah sich noch einmal um, dann schlüpfte sie in das Büro.

Trübes Winterlicht fiel in den Raum. Vor dem Fenster tanzten ein paar vereinzelte Schneeflocken. Kim sah sich um und dachte blitzschnell nach. Wo sollte sie zuerst suchen? Auf dem Schreibtisch lag ein Stapel mit säuberlich aufgeschichteten Papieren. An der Wand standen ein großer Schrank und ein Regal voller Akten.

Kim ging zum Regal, nahm einen Aktenordner heraus und blätterte ihn schnell durch. Nichts als langweilige Rechnungen. Sie stellte den Ordner wieder zurück und versuchte, den Schrank zu öffnen. Er war abgeschlossen.

Kim fluchte leise, ging zum Schreibtisch und begann, den Papierstapel durchzusehen. Sie fand verschiedene Arbeitspläne, Kundenverträge und noch mehr Rechnungen. Seufzend legte sie die Papiere zurück. Das brachte sie keinen Schritt weiter.

Denk nach, Kim!, spornte sie sich an. *Wo würdest du belastendes Material verstecken? Doch bestimmt nicht mitten auf dem Schreibtisch, wo es jeder sehen kann, oder?*

Kim ging in die Hocke und öffnete nacheinander die Schreibtischschubladen. Die unterste war abgeschlossen. Kims Herz schlug noch etwas schneller und sie fuhr sich nervös mit der Zunge über die Lippen. Das war es! Hier hatte Rita ihre geheimen Unterlagen versteckt, da war sie sich ganz sicher. Aber wie sollte sie die Schublade aufbekommen?

Sie durchwühlte fieberhaft die anderen Schreibtischschubladen. In der obersten fand sie zwischen Büroklammern, Gummibändern und Hustenbonbons einen kleinen, silbernen Schlüssel. Mit zitternden Händen steckte sie ihn ins Schloss. Der Schlüssel passte!

Kim seufzte erleichtert, als die Schublade geräuschlos aufrollte und den Blick auf eine graue

Aktenmappe freigab. Sie öffnete die Mappe und nahm einige Papiere heraus. Auf dem obersten Blatt prangte eine dicke Überschrift, die Kim sofort ins Auge fiel: **Die vier Stufen des Schön-und-Schlank-Programms von *Gym For You*.**

Darunter stand in roten Buchstaben: »Streng vertraulich!«. Kim runzelte die Stirn und begann zu lesen:

Erste Stufe: *Dem Kunden wird durch schlechte Werte beim Fitnesstest und indirekte Manipulation in Form von ständiger Berieselung mit TV-Werbung für Diät-Produkte suggeriert, dass er zu dick ist.*

Zweite Stufe: *Dem Kunden werden Fitnessriegel und Energy-Drinks von Gym For You angeboten, die den Fettabbau beim Training beschleunigen sollen.*

Dritte Stufe: *Dem Kunden werden Diätprodukte von Gym For You angeboten, um das Abnehmen zu erleichtern.*

Vierte Stufe: *Dem Kunden werden weitere hochpreisige Schönheitsbehandlungen von Gym For You wie das Wegspritzen von Falten, Fettabsaugen oder Lasertherapie angeboten.*

WICHTIG: *Den Kunden immer wieder ermutigen und in seinen Bemühungen um einen schönen Körper bestärken, damit er das Schlank-und-Schön-Programm nicht frustriert abbricht!*

Kim starrte ungläubig auf das Blatt in ihrer Hand. Das konnte doch nicht wahr sein! Bei *Ritas Gym* wurden die Kunden offenbar systematisch manipuliert, um ihnen möglichst viel Geld aus der Tasche zu ziehen! Auf diese Weise hatte sich bestimmt auch Mareike beim Studio verschuldet. Und Kim war ebenfalls voll auf Rita und ihre freundliche Masche hereingefallen …

Plötzlich hörte Kim Schritte auf dem Flur und Ritas Stimme ertönte. »Am besten reden wir in meinem Büro weiter. Möchten Sie einen Kaffee?«

»Gerne«, antwortete eine tiefe Stimme, die Kim irgendwie bekannt vorkam. »Bei dem Mistwetter kann ich etwas Warmes wirklich vertragen.«

»Mareike!«, rief Rita. »Bring uns bitte zwei Kaffee in mein Büro!«

Schnell stopfte Kim die Papiere in die Aktenmappe zurück und schloss die Schublade. Dann sprang sie auf und sah sich panisch um. Sie musste sich verstecken – aber wo? Der Schrank war abgeschlossen und unter dem Schreibtisch hatte sie nicht genug Platz. Da fiel ihr Blick auf eine kleine Tür zwischen Schrank und Regal, die sie im allmählich schwindenden Nachmittagslicht bisher noch gar nicht bemerkt hatte.

Kim flitzte durch das Zimmer und riss die Tür auf. Dahinter lag ein kleiner, fensterloser Raum, der mit Kisten und Kartons vollgestellt war. Offenbar wurden hier die Fitnessprodukte und Diät-Shakes gelagert, die im Studio verkauft wurden. Kim schlüpfte in den Raum und quetschte sich zwischen zwei Kisten.

Gerade noch rechtzeitig! Kaum hatte Kim die Tür hinter sich geschlossen, betrat Rita das Büro. Kim beobachtete durch das Schlüsselloch, wie sie das Licht anknipste und zu ihrem Schreibtisch ging. Hinter ihr kam ein Mann herein. Kim schnappte nach Luft. Heinz Seibold! Er ließ sich auf einem Stuhl vor dem Schreibtisch nieder und nahm den Kaffee in Empfang, den Mareike gerade hereinbrachte.

»Tja, so sieht man sich wieder, junges Fräulein«, sagte er und grinste hämisch. »Es war wirklich Pech für dich, dass du ausgerechnet mich bei deinen schmutzigen Machenschaften um Hilfe gebeten hast.«

»Das sind keine schmutzigen Machenschaften!«, fauchte Mareike. »Ich versuche nur, die Kunden aufzuklären, damit ihnen nicht dasselbe passiert wie mir.«

Kim konnte nicht umhin, ihren Mut zu bewundern. Sie wusste nicht, ob sie sich getraut hätte, so mit diesem schmierigen Seibold zu reden.

Rita sah Mareike streng an. »Schluss jetzt, Mareike! Hör sofort auf, meinen Geschäftspartner zu beschimpfen.«

»Geschäftspartner?«, fragte Mareike überrascht. Dann schien ihr ein Licht aufzugehen. »Ach so, jetzt verstehe ich! *Sie* haben Rita gesteckt, dass ich die Fassade besprüht habe!«

Herr Seibold machte ein zufriedenes Gesicht. »Natürlich, was denkst du denn? Ich fand unser kleines Gespräch im Schillerpark wirklich sehr interessant. Und Rita auch. Tja, du konntest natürlich nicht wissen, dass die *Gym For You*-Holding wenige Tage vor unserem Treffen mein Studio gekauft hatte. Zu einem wirklich guten Preis, wie ich sagen muss.«

Mareike biss sich auf die Unterlippe. »Und ich dachte, Sie würden mir helfen, diesen ganzen Fitness-Schwindel auffliegen zu lassen ...«, murmelte sie.

Rita lächelte triumphierend. »Wie du siehst, waren deine Bemühungen, *Gym For You* zu schaden, völlig nutzlos. Bald wird unter der fachkundigen Leitung von Herrn Seibold ein weiteres Studio in der Stadt eröffnet, das viele neue Kunden anlocken und ihnen bei ihren Bemühungen um Schönheit und ewige Jugend tatkräftig zur Seite stehen wird.« Rita und Herr Seibold lachten, während Mareike sie mit wütenden Blicken durchbohrte.

Schließlich wedelte Rita mit der Hand, als wäre Mareike eine lästige Fliege. »Du kannst jetzt gehen. Ich rufe dich, falls wir noch etwas brauchen sollten.«

Mareike drehte sich auf dem Absatz um und stürmte aus dem Büro.

Herr Seibold grinste. »Ganz schön temperamentvoll, das junge Fräulein. Hoffentlich richtet sie nicht noch mehr Unheil an.«

»Keine Sorge, Mareike habe ich unter Kontrolle«, beruhigte ihn Rita. »Sie hat jede Menge Schulden beim Studio. Und durch ihre hirnrissige Sprayaktion hat sie sich endgültig ins Abseits manövriert. Sie weiß genau, dass ich der Polizei sofort einen heißen Tipp geben werde, falls sie irgendwelche Dummheiten macht.«

Herr Seibold nickte. »Sie scheinen wirklich alles im Griff zu haben. Ich denke, wir werden sehr gut zusammenarbeiten. Übrigens habe ich noch einmal mit Doktor Miesbach gesprochen. Er hat den Termin bestätigt. Soll die nächste Aktion denn trotz allem stattfinden? Oder sollen wir lieber warten, bis sich Ihre widerspenstige Mitarbeiterin wieder etwas beruhigt hat?«

Rita schüttelte den Kopf. »Mareike wird uns nicht noch einmal einen Strich durch die Rechnung machen. Es läuft alles wie geplant. Ich habe auch schon eine sehr interessierte Kundin, die ich ungerne enttäuschen würde.«

»Verstehe.« Herr Seibold trank seinen Kaffee aus und stand auf. »Ich denke, dann haben wir alles geklärt. Doktor Miesbach wird am Freitagabend um halb elf hier sein, um alles für die Aktion vorzubereiten.«

»Perfekt.« Rita stand ebenfalls auf und reichte Herrn Seibold die Hand. »Auf Wiedersehen.«

Herr Seibold drückte kurz Ritas Hand, bevor er nach seinem Mantel griff und das Büro verließ.

Kim presste ihr Ohr gegen die Tür und lauschte, aber es war nichts mehr zu hören. Durch das Schlüsselloch konnte sie Rita an ihrem Schreibtisch sitzen sehen. Sie trank einen Schluck Kaffee und lächelte zufrieden.

Kim wäre am liebsten auf der Stelle aus ihrem Versteck gestürmt und hätte Rita ordentlich die Meinung gesagt. So eine falsche Schlange! Tat immer superfreundlich, dabei nahm sie ihre Kunden in Wirklichkeit aus wie Weihnachtsgänse. Und was das Schlimmste war: Kim war ebenfalls auf sie hereingefallen. Wenn sie daran dachte, wie viel Geld sie bereits in Fitnessriegel und völlig nutzlose Diät-Shakes investiert hatte, hätte sie sich vor lauter Ärger am liebsten in den Hintern gebissen.

Rita blätterte ein paar Papiere auf ihrem

Schreibtisch durch und Kim fragte sich, wie lange sie wohl noch in ihrem Versteck ausharren musste. Der Lagerraum hatte keine Heizung und es war eiskalt. Kim zitterte am ganzen Körper und versuchte, möglichst leise mit den Zähnen zu klappern, damit Rita sie nicht hörte.

Nach einer endlos langen halben Stunde stand die Club-Managerin endlich auf, löschte das Licht und verließ das Büro. Kim atmete erleichtert auf. Sie hatte schon befürchtet, Rita würde Überstunden machen und den ganzen Abend im Club verbringen.

Kim blieb noch eine Weile regungslos im Lagerraum stehen und lauschte angestrengt. Als alles still blieb, öffnete sie mit vor Kälte steifen Fingern vorsichtig die Tür und stahl sich unbemerkt aus dem Büro. Draußen vor dem Club atmete sie erst einmal tief durch. Geschafft! Kims Hände zitterten immer noch vor Aufregung – oder vor Kälte? –, als sie ihren Schlüssel aus der Jackentasche fischte und ihr Fahrrad aufschloss. An Training war jetzt natürlich nicht mehr zu denken. Sie hatte wichtigere Dinge zu tun. Kim schwang sich auf den Sattel und machte sich auf den Weg zu Marie.

Jetzt wird's ernst …

»Du hast was?«, kreischte Franzi und verschluckte sich vor Schreck fast an dem Stück Schokolade, das sie sich gerade in den Mund gesteckt hatte.

Auch Marie schüttelte ungläubig den Kopf. »Das glaube ich einfach nicht!«, rief sie. »So eine gefährliche Aktion im Alleingang! Was hättest du denn gemacht, wenn Herr Seibold oder diese Rita dich entdeckt hätten?«

»Dann wäre ich ziemlich aufgeschmissen gewesen«, gab Kim zu. »Aber sie haben mich ja nicht entdeckt. Die Gelegenheit, Ritas Büro zu durchsuchen, hat sich ganz spontan ergeben. Darum konnte ich euch auch nicht vorher informieren.« Sie nieste dreimal hintereinander und kramte in ihrer Hosentasche nach einem Taschentuch. Hoffentlich hatte sie sich in dem eiskalten Lager nicht erkältet!

Während sich Kim die Nase putzte, schauten Franzi und Marie sie immer noch völlig entgeistert an. Die beiden hatten sich gerade die neueste Folge der *Vorstadtwache* angesehen, als Kim hereingeplatzt war, um ihnen von der unglaublichen Entdeckung in Ritas Büro zu berichten.

Kim lehnte sich in der bequemen Ledercouch zurück und nahm sich ein Stück Nussschokolade. Sofort meldete sich ihr schlechtes Gewissen, aber Kim achtete nicht darauf. Nach der ganzen Aufregung hatte sie sich eine kleine Belohnung wirklich verdient. Entschlossen steckte sie sich die Schokolade in den Mund und genoss den süßen Geschmack auf der Zunge. Es kam ihr vor, als hätte sie seit Ewigkeiten keine Schokolade mehr gegessen. Wie hatte sie nur die ganze Zeit darauf verzichten können? Plötzlich kam ihr das alles völlig idiotisch vor.

»Ich hab doch gleich gewusst, dass mit diesem komischen Fitness-Studio etwas nicht stimmt!«, behauptete Franzi und machte ein triumphierendes Gesicht. »Hast du den Zettel aus Ritas Schreibtisch mitgenommen?«

Kim schüttelte den Kopf. »Leider nicht. Ich habe so einen Schreck gekriegt, als Rita und dieser Seibold plötzlich vor der Tür standen, dass ich gar nicht mehr klar denken konnte.«

»Vielleicht war das gar nicht so schlecht«, sagte Marie. »So kann Rita wenigstens keinen Verdacht schöpfen. Besser sie weiß nicht, dass ihr jemand auf der Spur ist. Dann fühlt sie sich sicher und macht schneller einen Fehler.«

»Stimmt.« Franzi sah Kim und Marie nachdenklich an. »Ich frage mich, was das für eine ›Aktion‹ ist, von der Rita geredet hat. Das klingt eindeutig nach etwas Illegalem.«

»Es gibt nur eine Möglichkeit, das herauszufinden«, sagte Kim. »Und ich habe auch schon eine Idee, wie wir das anstellen können ...«

Am Freitagabend duschte Kim nach dem Training ausgiebig, zog sich langsam an und föhnte sich in aller Ruhe die Haare. Währenddessen leerte sich das Studio allmählich. Um zehn vor zehn war Kim endlich allein im Umkleideraum. Sie überprüfte, ob sich wirklich niemand mehr in den Duschen oder den abgetrennten Umkleidekabinen aufhielt, dann räumte sie ihre Sporttasche in einen Spind und lächelte zufrieden. Um zehn Uhr würde das Studio schließen. Kim hoffte inständig, dass niemandem am Empfang auffiel, dass sie noch nicht gegangen war. Sie hatte beim Betreten des Studios extra so getan, als hätte sie ihre Chipkarte vergessen, damit sie das Drehkreuz umgehen konnte und der Computer ihre Anwesenheit nicht registrierte.

Kim horchte einen Moment lang auf den Flur hinaus, aber es war alles still. Offenbar war gerade niemand der Angestellten auf dem Weg in den Umkleideraum. Kim schlich auf Zehenspitzen in den Saunabereich, der durch eine Tür direkt mit dem Umkleideraum verbunden war. Die Sauna schloss bereits eine Stunde früher als das restliche Studio und lag verlassen und dunkel vor Kim. Kim durchquerte den Vorraum mit den Duschen und dem Tauchbecken und schlüpfte in den geräumigen Ruheraum, in dem es noch schwach nach Orange roch. Auf den Fensterbänken standen Duftlämpchen, die während der Öffnungszeiten angezündet wurden, um die Entspannung der Saunabesucher zu fördern.

Kim ging direkt in die rechte Ecke des Ruheraums, wo sich hinter einer großen künstlichen Palme der Notausgang befand. Kim hatte ihn zufällig während eines ihrer wöchentlichen Saunabesuche entdeckt. Jetzt öffnete sie die Tür und sah direkt in die verfrorenen Gesichter von Marie und Franzi.

»Wo warst du denn so lange?«, schimpfte Franzi und schlüpfte schnell in den Ruheraum. »Ich bin hier draußen schon fast zu einem Eiszapfen erstarrt.«

Marie folgte ihr. »Ist alles glattgegangen?«, fragte sie.

Kim nickte. »Es läuft alles nach Plan. Sorry, aber ich musste warten, bis niemand mehr im Umkleidraum war, bevor ich euch reinlassen konnte. Kommt mit!«

Sie führte Marie und Franzi durch den Ruheraum zur Damensauna und öffnete die Glastür. »Hereinspaziert! Das Versteck ist doch super, oder? Hier könnt ihr euch erst mal aufwärmen.«

Die Sauna war zwar abgeschaltet, aber noch nicht vollständig ausgekühlt, und die drei !!! wurden von angenehmer Wärme empfangen. Sie ließen sich auf einer der Holzbänke nieder und Franzi zog ihre Jacke aus.

»Bist du sicher, dass uns hier niemand entdeckt?«, fragte sie und warf einen ängstlichen Blick durch die Glastür nach draußen.

»Die Putzfrauen haben den Saunabereich schon vor einer Stunde gesäubert und Rita hat bereits ihren üblichen Kontrollgang gemacht«, erklärte Kim. »Ich glaube nicht, dass jetzt noch mal jemand herkommt. Rita hatte es ziemlich eilig, sie scheint heute unbedingt pünktlich Schluss machen zu wollen.«

»Kein Wunder«, sagte Marie. »Sie will bestimmt keine Zeugen für ihre ›Aktion‹.«

Kim sah auf ihre Armbanduhr. »Zehn Uhr! Jetzt müsste Rita den Haupteingang schließen. Die Putzfrauen gehen meistens etwas später, weil sie erst noch den Umkleideraum sauber machen. Ich schätze, in ungefähr zwanzig Minuten können wir uns aus unserem Versteck wagen.«

Sie lehnte sich zurück und versuchte, es sich auf der harten Holzbank so bequem wie möglich zu machen. Die Minuten zogen sich wie Kaugummi und Kims Zweifel wurden von Sekunde zu Sekunde größer. Die altbekannte Angst machte sich wieder in ihr breit. Was, wenn sie entdeckt wurden? Rita schien nicht gerade zimperlich mit Leuten umzugehen, die ihre Pläne durchkreuzen wollten. War es wirklich so eine gute Idee gewesen, sich heimlich im Studio einschließen zu lassen, um herauszufinden, was hier vor sich ging?

»Ich hab übrigens diesen mysteriösen Doktor Miesbach gestern mal im Internet gegoogelt«, erzählte Kim, um sich von ihren unangenehmen Gedanken abzulenken.

Franzi gähnte. Die Restwärme in der Sauna schien sie ein bisschen schläfrig zu machen. »Und? Hast du etwas herausgekriegt?«

»Doktor Miesbach ist Schönheitschirurg«, berichtete Kim. »Er hat eine gut gehende Praxis in der Innenstadt und eine sehr professionell gestaltete Internetseite. Wirkte eigentlich alles ziemlich seriös. Keine Ahnung, warum er bei Ritas krummen Geschäften mitmacht.«

Marie zuckte mit den Schultern. »Vielleicht kann er den Hals nicht vollkriegen. Oder er steht auf Rita.« Sie kicherte.

Kim kontrollierte noch einmal die Uhrzeit und sprang auf. »Es ist so weit, Leute! Wenn wir die geheimnisvolle Aktion nicht verpassen wollen, sollten wir uns allmählich auf die Socken machen.«

»Moment mal, nicht so schnell«, hielt Franzi sie zurück. »Du hast unser Clubritual vergessen.«

Franzi, Kim und Marie stellten sich im Kreis auf, streckten die Arme aus und legten die Hände übereinander. Im Chor sagten sie: »Die drei !!!«, Kim kam und flüsterte: »Eins!«. Dann Franziska: »Zwei!«. Schließlich Marie: »Drei!«. Zum Schluss hoben sie gleichzeitig die Hände in die Luft und riefen: »Power!!!«

»Seid ihr bereit?«, fragte Kim und ging zur Tür. Als Marie und Franzi nickten, drückte sie die Klinke herunter und die drei !!! verließen leise die Sauna. Kim merkte, wie das Adrenalin durch ihren Körper gepumpt wurde. Jetzt gab es kein Zurück mehr. Der Einsatz hatte begonnen!

Da sich Kim am besten im Studio auskannte, übernahm sie automatisch die Führung. Auf Zehenspitzen liefen die drei !!! durch den Saunabereich, den Damen-Umkleideraum und den langen Flur, der zum Ausgang führte. Überall war es dunkel und still.

Nur aus Ritas Büro drang etwas Licht und Kim hörte das leise Rascheln von Papier. Ihr Herz klopfte wie verrückt, als sie an der angelehnten Tür vorbeischlichen. Hoffentlich tauchte Rita nicht gleich vor ihnen auf! Aber alles blieb ruhig und die drei Detektivinnen gelangten ungehindert in die Eingangshalle. Auch hier herrschten gähnende Leere und nächtliche Stille. Kim winkte Franzi und Marie zu und zeigte auf das große Sofa, das in einer Ecke der Halle stand. Nacheinander krochen sie hinter die hohe Rückenlehne und duckten sich in die dunklen Schatten. Tagsüber hätte man sie hier wahrscheinlich schnell entdeckt, aber Kim hoffte, dass ihnen die nächtliche Dunkelheit genügend Schutz bot.

Pünktlich um halb elf klopfte es an der Eingangstür. Kurz darauf klapperten hohe Absätze über die Fliesen und Rita erschien in der Eingangshalle. Sie öffnete die Tür und ließ einen hochgewachsenen, schlanken Mann herein, der einen großen Arztkoffer in der Hand hielt.

»Guten Abend, Herr Doktor Miesbach«, begrüßte ihn Rita freundlich. »Schön, dass es mit dem Termin heute geklappt hat.«

»Freut mich auch«, sagte der Doktor und knöpfte seinen Mantel auf. »Wie viele Damen kommen denn zu unserer Party heute Abend?«

»Nur eine«, informierte ihn Rita. »Hat Herr Seibold Ihnen nicht gesagt, dass es sich diesmal um einen Einzeltermin handelt? Manche Damen möchten lieber individuell behandelt werden. Ohne Zuschauer, wenn Sie verstehen, was ich meine.« Rita blinzelte ihm verschwörerisch zu.

Herr Miesbach runzelte die Stirn. »Ich verstehe nicht so ganz, was Sie meinen, wenn ich ehrlich sein soll. Für eine einzelne Behandlung lohnt es sich für mich kaum, hierherzukommen.«

»Machen Sie sich keine Sorgen, für Individualbehandlungen bekommen Sie natürlich ein Extrahonorar«, beruhigte ihn Rita.

In diesem Moment klopfte es wieder an der Tür. »Ah, das ist sicher schon Ihre Patientin«, sagte Rita und ging zur Tür. Bevor sie sie öffnete, drehte sie sich noch einmal zu Doktor Miesbach um. »Die junge Dame ist ziemlich aufgeregt wegen des Eingriffs. Vielleicht wäre es gut, ihr vorher ein leichtes Beruhigungsmittel zu geben.«

»Diese Entscheidung müssen Sie schon mir überlassen«, sagte Herr Miesbach. Sein Tonfall klang leicht verärgert. »Ich mache das schließlich nicht zum ersten Mal.«

»Natürlich nicht«, sagte Rita beschwichtigend. »Genau darum schätzt *Gym For You* die Zusammenarbeit mit Ihnen ja auch so.«

Rita öffnete die Tür und ließ ein Mädchen herein. Plötzlich krallte Franzi ihre Finger so heftig in Kims Arm, dass Kim vor Schmerz fast laut aufgeschrien hätte.

»Bin ich zu spät?«, fragte das Mädchen atemlos und nahm die Mütze ab.

Jetzt erkannte Kim sie auch und schnappte nach Luft. Chrissie! »Was macht denn deine Schwester hier?«, hauchte sie Franzi kaum hörbar ins Ohr.

Franzi zuckte mit den Schultern. »Keine Ahnung«, flüsterte sie zurück. »Zu Hause hat sie erzählt, dass sie heute und morgen bei ihrer Freundin Katja übernachtet. Angeblich, weil sie dort eine Klassenparty feiern und Chrissie bei den Vorbereitungen helfen will.«

»Keine Sorge, du bist genau pünktlich«, sagte Rita. »Darf ich vorstellen? Das ist Herr Doktor Miesbach, der die Behandlung vornehmen wird. Und das ist Christiane Winkler, Ihre Patientin.«

Chrissie schüttelte Herrn Miesbach die Hand und schenkte ihm ein strahlendes Lächeln. »Sie glauben gar nicht, wie froh ich bin, wenn ich die blöde Stirnfalte endlich los bin. Ich traue mich ohne Mütze schon gar nicht mehr aus dem Haus.« Sie strich sich die Haare aus der Stirn. »Schauen Sie mal, sieht das nicht furchtbar aus?«

Der Arzt warf nur einen flüchtigen Blick auf Chrissies Stirn. »Das sehe ich mir gleich lieber in Ruhe an.« Er wandte sich an Rita. »Ist der Behandlungsraum bereit?«

Rita nickte. »Natürlich. Ich habe wieder einen unserer Kosmetikräume vorbereitet. Es ist derselbe, in dem Sie schon während unserer letzten Botox-Party praktiziert haben. Bitte hier entlang.«

Sie ging durch die Eingangshalle und eilte den Flur hinunter. Chrissie und Doktor Miesbach folgten ihr. Als sie an der Sitzecke vorbeikamen, spürte Kim einen leichten Luftzug. Sie hielt den Atem an und kauerte sich noch tiefer in den Schatten des Sofas. Ihr Herz klopfte so laut, dass sie Angst hatte, Rita könnte es hören. Aber es passierte nichts. Rita ging einfach weiter und verschwand mit Chrissie und dem Arzt in einem der Kosmetikräume. Kim atmete auf.

Neben ihr flüsterte Franzi aufgeregt: »Habt ihr kapiert, was hier vor sich geht? Was zum Teufel macht Chrissie hier? Und von was für einer Party hat diese Rita gefaselt?«

»Von einer Botox-Party«, sagte Marie leise.

»Botox? Das Wort hab ich irgendwo schon mal gelesen …«

Kim zog die Stirn kraus, während sie angestrengt nachdachte. »Genau! Auf der Homepage von diesem Doktor Miesbach! Da stand etwas von Botox-Behandlungen. Leider weiß ich nicht mehr so genau, was es damit auf sich hat.«

»Aber ich«, flüsterte Marie. »Botox ist seit ein paar Jahren der absolute Renner, um unliebsame Falten schnell loszuwerden. Es gibt regelrechte Botox-Partys, auf denen sich Frauen treffen, um sich ihre Falten wegspritzen zu lassen. Als ich mit meinem Vater auf der Weihnachtsfeier der *Vorstadtwachen*-Crew war, habe ich zufällig mitbekommen, wie sich ein paar seiner Kolleginnen darüber unterhalten haben. Sie hatten alle schon mindestens eine Botox-Behandlung hinter sich und waren total begeistert von den Ergebnissen.«

Franzi wurde blass. »Dann will sich Chrissie bestimmt ihre Stirnfalte wegspritzen lassen!«, hauchte sie. »Schließlich jammert sie schon seit Wochen deswegen herum. Ich fass es nicht! Dabei haben Mama und Papa ihr das ausdrücklich verboten ...«

»Darum macht sie es jetzt offenbar heimlich«, folgerte Kim.

»Also darüber hat Chrissie letztens mit Rita geredet! Kein Wunder, dass die beiden sofort verstummt sind, als ich dazugekommen bin.«

Marie machte ein nachdenkliches Gesicht. »Ich frage mich nur, wo Chrissie das Geld herhat. Soviel ich weiß, ist so eine Botox-Behandlung nicht gerade billig.«

Franzi zuckte mit den Schultern. »Vielleicht hat sie ihr Sparbuch geplündert.«

»Oder sie hat sich auf Ritas ominöses Kreditangebot eingelassen«, flüsterte Kim. »Dann kann sie die nächsten Jahre hier im Studio schuften und sich von Rita herumkommandieren lassen – so wie Mareike.«

»Oh nein!«, stöhnte Franzi. »Worauf hat sich Chrissie da bloß eingelassen? So blöd kann doch kein Mensch sein!« Sie sprang auf. »Wir müssen sofort etwas unternehmen – ehe es zu spät ist!«

Doch Kim hielt sie zurück. »Wir dürfen nichts überstürzen. Eine voreilige Aktion kann uns in Teufels Küche bringen. Was glaubst du, was Rita mit uns macht, wenn sie uns hier entdeckt?«

»Das ist mir egal!«, flüsterte Franzi. »Ich werde jedenfalls nicht tatenlos dabei zusehen, wie meine Schwester die größte Dummheit ihres Lebens begeht. Wer weiß, was dieser Kurpfuscher alles mit ihr anstellt! Vielleicht hat dieses Zeug ja auch Nebenwirkungen!«

»Keine Panik«, beruhigte sie Marie. »Doktor Miesbach scheint doch ein anerkannter Experte auf seinem Gebiet zu sein. Ehe wir eingreifen, sollten wir versuchen, so viel wie möglich über diese Botox-Behandlungen hier im Fitness-Studio herauszufinden.«

»Dann nichts wie los!«, flüsterte Franzi und verließ das Versteck hinter dem Sofa. »Wenn wir noch lange weiterquatschen, ist gleich schon alles gelaufen!«

Franzi sieht rot

Hintereinander schlichen die drei Detektivinnen über den dunklen Flur, der nur schwach von einer Notbeleuchtung erhellt wurde. Auf der rechten Seite gingen die Türen zu den Kosmetikräumen und den Solarien ab.

Unter der Tür zu Kosmetikraum Nummer drei drang ein Lichtschein hindurch und Kim konnte Chrissies Stimme hören. Leider war nicht zu verstehen, worüber geredet wurde.

Kim öffnete die Tür zum benachbarten Kosmetikraum und winkte Marie und Franzi zu. Nacheinander schlüpften die drei !!! in das dunkle Zimmer. Hier gab es eine Verbindungstür zum Nebenraum, die zum Glück nur angelehnt war. Jetzt waren Chrissies Worte klar und deutlich zu verstehen.

»Wie lange dauert denn die Behandlung?«, fragte sie. »Wird es sehr wehtun? Wie wirkt dieses Botox eigentlich genau? Und gibt es irgendwelche Nebenwirkungen?« Ihre Stimme klang aufgeregt und ein bisschen ängstlich.

Doktor Miesbach antwortete ruhig und geduldig. »Botox ist ein Lähmungsgift. Es heißt eigentlich ›Botulinumtoxin‹ und wird aus dem Bakterium Clostiridium botulinum gewonnen.«

»Ein Lähmungsgift?« Chrissie klang jetzt noch ängstlicher. »Ist das nicht gefährlich?«

»Nur wenn man an einen unerfahrenen Arzt gerät«, erklärte Herr Miesbach. »Das Botox wird in kleinen Mengen in einen bestimmten Muskel gespritzt, der dann vorübergehend geschwächt oder gelähmt wird. Ein Arzt, der sich nicht gut mit der Substanz auskennt, kann durch falsch gesetzte Spritzen unerwünschte Nebenwirkungen wie vorübergehende Lähmungen hervorrufen. Aber bei erfahrenen Medizinern ist die Behandlung absolut ungefährlich.«

»Und wie lange hält die Wirkung an?«, wollte Chrissie wissen.

»Das hängt vom Patienten ab. Normalerweise verschwinden die Falten für drei bis sieben Monate. Danach muss die Behandlung wiederholt werden. Nach mehreren Behandlungen sind die Falten häufig für Jahre verschwunden.«

Chrissie seufzte sehnsüchtig. »Das wäre mein Traum ... Also los, worauf warten wir noch? Legen Sie los, Doc!«

»Bist du dir denn wirklich sicher, dass du die Behandlung willst?«, fragte Doktor Miesbach. »Deine Stirnfalte ist längst nicht so stark ausgeprägt wie bei meinen anderen Patientinnen. Willst du das Geld für die Botox-Behandlung nicht vielleicht doch lieber für etwas anderes ausgeben?«

»Auf keinen Fall!«, sagte Chrissie entschieden. »Ich habe lange über die Sache nachgedacht, und es ist mein größter Wunsch, diese schreckliche Falte endlich loszuwerden. Ich will nämlich Karriere als Model machen, wenn ich mit der Schule fertig bin ...«

Kim sah durch den Türspalt, wie Doktor Miesbach die Stirn runzelte. »Sag mal, wie alt bist du eigentlich?«, fragte er. »Du weißt ja bestimmt, dass Minderjährige kosmetische Eingriffe nur mit Zustimmung ihrer Eltern vornehmen lassen dürfen, oder?«

Jetzt schaltete sich Rita ein, die bisher geschwiegen hatte. »Christiane ist letzten Monat achtzehn geworden.«

»Tatsächlich?« Doktor Miesbach sah Chrissie prüfend an. Chrissie senkte den Blick und wurde rot. »Du siehst aber wesentlich jünger aus.«

»Tja, das sagen alle«, erwiderte Chrissie. Sie hatte sich schnell wieder gefangen und grinste dem Arzt kokett zu. »Besser als umgekehrt, oder?«

Doktor Miesbach lachte. »Das stimmt allerdings. Na gut, wenn du dir wirklich sicher bist, dann lass uns loslegen.«

Franzi schüttelte entrüstet den Kopf und raunte Kim zu: »Ich glaub's einfach nicht! Chrissie und diese Rita lügen ja wie gedruckt! Chrissie ist letzten Monat gerade mal sechzehn geworden!«

»Was hier passiert, ist eindeutig illegal«, flüsterte Kim zurück.

»Wir sollten die Polizei einschalten.«

Marie nickte. »Finde ich auch. Kommissar Peters ist bestimmt sofort zur Stelle, wenn er hört, was hier los ist.«

»Bis dahin ist es vielleicht schon zu spät!«, zischte Franzi. »Wir müssen jetzt sofort eingreifen – ehe der Arzt Chrissie dieses Lähmungsgift spritzt!«

»Keine Panik«, flüsterte Kim. »Es wird schon nichts ...«

Aber Franzi hörte nicht auf sie. Als Chrissie sich auf dem Behandlungsstuhl niederließ und Doktor Miesbach seine Instrumente aus dem Koffer holte, sprang sie plötzlich auf. Marie packte sie geistesgegenwärtig an der Jacke und hielt sie fest, aber Franzi schlug wie wild um sich und verpasste ihrer Freundin dabei versehentlich einen kräftigen Schlag gegen die Nase. Marie schrie vor Schmerz laut auf und ließ Franzi so plötzlich los, dass diese wie ein Pfeil nach vorne schoss und durch die angelehnte Tür ins Nebenzimmer stolperte. Marie verlor ebenfalls das Gleichgewicht und landete direkt neben Franzi und dem verblüfften Doktor Miesbach der Länge nach auf dem Fußboden.

»Nanu«, sagte der Arzt erstaunt. »Wo kommt ihr denn plötzlich her?«

Ritas Gesicht wurde rot vor Wut. »Wer seid ihr?«, rief sie. »Was habt ihr hier zu suchen? Und wie seid ihr hier hereingekommen?«

Ehe Marie oder Franzi antworten konnten, ging Rita mit raschen Schritten zur Verbindungstür, knipste das Licht im Nebenzimmer an und sah sich prüfend um. Kim, die im ersten Moment vor Schreck wie gelähmt gewesen war, konnte gerade noch rechtzeitig zur Tür hechten und sich dahinter verstecken. Sie wagte kaum zu atmen. Vor Angst wurde ihr richtig übel. Nur die dünne Holztür trennte sie von Rita. Die Club-Managerin stand so dicht neben ihr, dass Kim ihr aufdringlich süßes Parfüm riechen konnte. Es kitzelte in ihrer Nase.

Guck bitte nicht hinter die Tür!, flehte Kim in Gedanken und biss die Zähne zusammen, um nicht loszuniesen.

Zum Glück begnügte sich Rita mit einem schnellen Blick in den Raum. Dann machte sie das Licht wieder aus und schloss die Tür. Kim atmete erleichtert auf und entspannte sich wieder ein bisschen. Sie hockte sich vor das Schlüsselloch und sah, wie sich Franzi und Marie langsam vom Boden aufrappelten. Marie hielt sich stöhnend die Nase und warf Franzi einen wütenden Blick zu. Im nächsten Moment redeten alle gleichzeitig.

»Spinnst du jetzt total, oder was?!«, schnauzte Marie Franzi an. »Mit dem Schlag hättest du mir locker das Nasenbein brechen können!«

»Hast du dir wehgetan?«, fragte Doktor Miesbach. »Zeig mal her!«

»Finger weg, Sie Quacksalber!«, schrie Franzi. »Wissen Sie eigentlich, dass meine Schwester erst sechzehn ist?«

»Halt die Klappe, du blöde Kuh!«, rief Chrissie. »Was willst du überhaupt hier? Hör auf, dich in meine Angelegenheiten zu mischen!«

»Aha, ihr seid also Schwestern«, sagte Doktor Miesbach und sah von Franzi zu Marie.

»Quatsch! Marie ist meine Freundin«, stellte Franzi richtig. »Chrissie ist meine Schwester. Und Sie dürfen ihr kein Gift spritzen, weil sie erst sechzehn ist. Unsere Eltern wissen gar nicht, dass sie hier ist.«

Jetzt stürzte sich Chrissie auf Franzi und versuchte, ihr den Mund zuzuhalten. »Sei endlich still!«, zischte sie. »Was ich hier mache, ist allein meine Sache! Das geht dich gar nichts an!«

»Lass mich los!«, rief Franzi und versuchte verzweifelt, ihre Schwester abzuschütteln. »Ich will dir doch nur helfen, du dumme Nuss!«

»Ich will deine Hilfe aber nicht!«, keifte Chrissie. »Zieh endlich Leine!«

»Ich denke ja gar nicht dran!«, keifte Franzi zurück.

»Ruhe!«, brüllte Rita. Sie hatte sich mit in die Hüfte gestützten Händen neben Franzi und Chrissie aufgebaut und blitzte die beiden Streithähne ärgerlich an. »Was glaubt ihr eigentlich, wo ihr hier seid? Kloppt euch gefälligst woanders!«

»Bist du wirklich erst sechzehn?«, fragte Doktor Miesbach und sah Chrissie streng an. »Zeig mir doch bitte mal deinen Ausweis.«

»Den hab ich gerade nicht dabei«, murmelte Chrissie und sah zu Boden.

»Ich versichere Ihnen, dass Fräulein Winkler volljährig ist«, sagte Rita und setzte ihr charmantestes Lächeln auf. »Entschuldigen Sie bitte diesen kleinen Zwischenfall, ich werde die Störenfriede natürlich sofort entfernen.« Sie warf Marie und Franzi einen eiskalten Blick zu. »Mal sehen, was eure Eltern dazu sagen, dass ihr hier nachts eingebrochen seid.«

»Wir sind doch nicht eingebrochen!«, rief Franzi entrüstet und sah Hilfe suchend zu ihrer

Schwester. »Jetzt sag doch auch mal was, Chrissie.«

Aber Chrissie machte ein undurchdringliches Gesicht. »Ich kenne diese Person überhaupt nicht«, behauptete sie mit einem Blick auf Franzi kühl. »Ich habe sie noch nie in meinem Leben gesehen.« Dann wandte sie sich an Herrn Miesbach. »Könnten wir jetzt bitte endlich anfangen, Herr Doktor?«

»Ich weiß nicht ...« Der Arzt schüttelte nachdenklich den Kopf. »Mir kommt die ganze Angelegenheit ziemlich merkwürdig vor. Was haben denn diese beiden Mädchen hier zu suchen?«

»Das lassen Sie mal meine Sorge sein.« Rita warf Marie und Franzi einen scharfen Blick zu. »Ich kümmere mich um die beiden Damen. Und Sie machen in aller Ruhe mit der Behandlung weiter, okay?«

Rita bedeutete Franzi und Marie, ihr zu folgen. Als sie nicht sofort reagierten, griff sie nach Franzis Oberarm und bugsierte sie zur Tür.

»He, lassen Sie mich los!«, rief Franzi entrüstet. »Sie haben kein Recht, mich hier festzuhalten! Ich will sofort mit Ihrem Chef sprechen!«

»*Ich* bin hier der Chef«, informierte sie Rita. »Und über deine Rechte kannst du dich gleich mit der Polizei unterhalten.«

Rita verließ den Kosmetikraum und ging mit

Franzi und Marie zu ihrem Büro hinüber. Kim folgte ihnen so leise wie möglich. Das Herz klopfte ihr bis zum Hals. Was hatte Rita mit ihren Freundinnen vor? Eins war klar: Die Polizei würde sie bestimmt nicht einschalten. Das Risiko, dass ihre illegalen Machenschaften dann aufflogen, war ihr bestimmt zu groß.

Kim versteckte sich wieder hinter dem Getränkeautomaten im Flur und beobachtete, wie Rita Franzi und Marie in ihr Büro führte. Dort öffnete sie die Tür zu dem kleinen Lagerraum, den Kim bereits kannte. Ehe Franzi und Marie wussten, wie ihnen geschah, hatte Rita sie auch schon mit zwei kräftigen Stößen ins Lager befördert. Dann knallte sie die Tür zu und drehte blitzschnell den Schlüssel herum. Kim schluckte. Schlimmer hätte es kaum kommen können. Jetzt waren Marie und Franzi Ritas Gefangene.

Abgeführt!

»Da drinnen könnt ihr euch erst mal ein bisschen abkühlen«, rief Rita durch die Tür und rieb sich zufrieden die Hände. »Aber keine Bange, ich kümmere mich schon noch um euch. Sobald die heutige Aktion erfolgreich über die Bühne gegangen ist und ich mir überlegt habe, was ich mit euch beiden anstelle, unterhalten wir uns in aller Ruhe ein bisschen. Es wird euch noch leidtun, dass ihr eure kleinen, neugierigen Nasen in Dinge gesteckt habt, die euch nichts angehen ...«

Kim hörte, wie ihre Freundinnen wütend gegen die Tür hämmerten.

»Machen Sie sofort die Tür auf!«, schallte Franzis Stimme dumpf aus dem Lager. »Das ist Freiheitsberaubung!«

Aber Rita kümmerte sich nicht um das Protestgeschrei ihrer Gefangenen. Sie ließ sich hinter dem Schreibtisch nieder und blätterte ein paar Papiere durch. Kim hockte wie auf heißen Kohlen hinter dem Getränkeautomat. Sie musste Franzi und Marie unbedingt befreien. Warum ging Rita nicht endlich zurück in den Kosmetikraum? Aber Rita machte keinerlei Anstalten, das Büro zu verlassen. Offenbar vertraute sie darauf, dass Doktor Miesbach und Chrissie ohne sie klarkamen.

Kim fluchte im Stillen. Was sollte sie tun? Sie musste so schnell wie möglich etwas unternehmen, sonst sah es schlecht aus für Franzi und Marie.

Kim versuchte nachzudenken, aber in ihrem Kopf herrschte ein riesengroßes Chaos. Die Aktion war total schiefgelaufen – und das war ganz allein ihre Schuld. Schließlich war es ihre Idee gewesen, sich heimlich im Fitness-Studio einschließen zu lassen. Warum hatte sie sich bloß auf so einen riskanten Plan eingelassen? Sie hätte doch wissen müssen, dass mit Rita nicht zu spaßen war. Und jetzt saßen Marie und Franzi ganz schön in der Patsche. Wer konnte schon wissen, was Rita mit ihnen vorhatte ...

Plötzlich blitzte ein Gedanke in Kims Kopf auf wie das Licht am Ende eines langen Tunnels. Kommissar Peters! Das war die Rettung! Kim musste so schnell wie möglich den Kommissar verständigen. Der Fall war eindeutig eine Nummer zu groß für sie geworden, mit Rita wurden sie alleine nicht mehr fertig. Aber der Kommissar würde ihnen bestimmt helfen.

Mit zitternden Knien verließ Kim ihr Versteck

und sauste auf Zehenspitzen an Ritas Büro vorbei. Zum Glück war die Club-Managerin so mit ihren eigenen Gedanken beschäftigt, dass sie nicht auf den lautlosen Schatten achtete, der direkt vor ihrer Nase über den Flur huschte.

Kim schaffte es trotz der lähmenden Angst, die sich wie schleichendes Gift in ihr ausgebreitet hatte, unbemerkt bis in die Eingangshalle zu gelangen. Dort verschanzte sie sich hinter dem Empfangstresen und holte ihr Handy heraus. Kommissar Peters hatte den drei !!! bei einem ihrer letzten Treffen seine Handynummer für eventuelle Notfälle gegeben und Kim hatte sie glücklicherweise sofort in ihrem Telefonbuch gespeichert. Nun musste sie lediglich zwei Tasten drücken, um den Kommissar zu erreichen.

Als sie das Handy an ihr Ohr hielt, stockte ihr für den Bruchteil einer Sekunde der Atem. Hoffentlich hatte der Kommissar sein Handy am Wochenende nicht abgeschaltet! Aber dann wurde die Verbindung hergestellt und Kim atmete erleichtert auf.

Der Kommissar meldete sich gleich nach dem ersten Klingelton. »Hallo, Peters hier.«

Kim war so froh, seine dunkle, vertraute Stimme zu hören, dass es ihr für einen Moment die Sprache verschlug.

»Wer ist denn da?«, hakte der Kommissar nach. Seine Stimme klang ein wenig ungeduldig. Im Hintergrund konnte Kim Stimmen und Lachen hören. Klang wie eine Party.

Sie räusperte sich und flüsterte: »Ich bin's, Kim.«

»Hallo, Kim!«, rief der Kommissar über die Hintergrundgeräusche hinweg. »Kannst du nicht ein bisschen lauter sprechen? Ich versteh dich so schlecht. Ich sitze gerade mit ein paar Freunden in der Kneipe. Was gibt's denn?«

»Wir stecken in der Patsche«, flüsterte Kim. »Sie müssen uns helfen!« Dann versuchte sie, so zusammenhängend wie möglich von den Ereignissen im Fitness-Studio zu berichten. Das war gar nicht so einfach, weil sie ständig befürchtete, Ritas klappernde Absätze auf dem Flur zu hören. Aber alles blieb ruhig und Kim konnte ihren Bericht ungestört beenden.

»Hab ich das richtig verstanden?«, rief der Kommissar ins Telefon. »Ihr treibt euch zu nachtschlafender Zeit heimlich in einem Fitness-Studio herum? Und diese Club-Managerin hat Marie und Franzi eingesperrt, weil ihr ihren illegal durchgeführten Schönheitsoperationen auf die Schliche gekommen seid?«

»So ungefähr«, bestätigte Kim. Sie fühlte sich nicht besonders wohl in ihrer Haut. Hoffentlich hielt Kommissar Peters ihr jetzt keine stundenlange Standpauke darüber, dass sie sich leichtsinnig in Gefahr begeben hatten. Schließlich hatte er ihnen schon mehr als einmal gepredigt, dass sie ihn unbedingt verständigen sollten, bevor sie sich auf irgendwelche gefährlichen Ermittlungen einließen. Was, wenn er jetzt so verärgert über ihr Verhalten war, dass er sie einfach hängen ließ?

Der Kommissar seufzte. »Worauf habt ihr euch da nur wieder eingelassen? Und das ausgerechnet an meinem freien Abend!«

Kim schluckte. »Tut mir leid«, flüsterte sie. »Kommen Sie trotzdem vorbei?«

»Natürlich«, antwortete der Kommissar, ohne zu zögern. »Rühr dich nicht vom Fleck und mach bloß keine Dummheiten. Ich bin in spätestens zehn Minuten bei dir.«

Kim schaltete erleichtert ihr Handy aus. Dann kauerte sie sich hinter dem Empfangstresen zusammen und wartete. Bereits nach siebeneinhalb Minuten hörte sie, wie ein Auto vor dem Haupteingang hielt. Vorsichtig schlich Kim zum Eingang und spähte durch die Glastür nach draußen. Sie erkannte sofort den Wagen des Kommissars. Kommissar Peters und sein Kollege Polizeimeister Conrad stiegen gerade aus und Kim öffnete ihnen schnell die Tür.

»Alles in Ordnung, Kim?«, fragte der Kommissar.

Kim nickte. »Mir geht's gut.« Sie seufzte erleichtert. »Mann, bin ich froh, dass Sie da sind.«

»Dann wollen wir mal!« Der Kommissar nickte zu seinem Kollegen hinüber. »Ich habe Polizeimeister Conrad als Verstärkung mitgebracht. Zuerst sollten wir uns um deine Freundinnen kümmern. Wo sind sie denn eingesperrt?«

»In einem kleinen Lagerraum in Ritas Büro«, erklärte Kim. »Kommen Sie mit, ich zeige Ihnen, wo es ist.«

Sie winkte den beiden Polizisten, ihr zu folgen. Auf leisen Sohlen durchquerten sie die Eingangshalle. Es war kein Laut zu hören. Kim grinste in sich hinein. Rita würde gleich garantiert aus allen Wolken fallen! Sie hatte ja keine Ahnung, dass ihr eine der drei Detektivinnen durch die Lappen gegangen war.

Vor Ritas Büro blieb Kim stehen und deutete auf die halb geöffnete Tür. Der Kommissar legte einen Finger an die Lippen und gab seinem Kollegen ein Zeichen. Während Polizeimeister Conrad die Tür sicherte, um Rita den Fluchtweg abzuschneiden, betrat der Kommissar forschen Schrittes das Büro, zückte seinen Dienstausweis und hielt ihn der völlig überrumpelten Rita vor die Nase.

»Guten Abend, Frau Beckmann«, sagte er höflich. »Kommissar Peters, Kriminalpolizei.« Er deutete auf seinen Kollegen. »Und das ist Polizeimeister Conrad. Es liegt eine Anzeige wegen Freiheitsberaubung gegen Sie vor. Ist es richtig, dass Sie hier zwei junge Mädchen eingesperrt haben?«

Rita machte ein unschuldiges Gesicht. »Wie bitte? Tut mir leid, aber ich weiß nicht, wovon Sie reden. Wie sind Sie überhaupt hereingekommen?«

Bevor Kommissar Peters antworten konnte, begannen Franzi und Marie, von innen gegen die Tür des Lagerraums zu trommeln und laut zu rufen. Mit einem Satz war Kim bei der Tür und drehte den Schlüssel herum. Die Tür sprang auf und Marie und Franzi taumelten ins Freie. Nach dem Aufenthalt in dem ungeheizten Raum sahen sie ziemlich durchgefroren aus. Franzi klapperte mit den Zähnen und Marie hatte vor Kälte eine rote Nase.

Franzi seufzte erleichtert, als sie den Kommissar erblickte. »Kommissar Peters! Gut, dass Sie da sind! Sie müssen diese Frau sofort festnehmen!« Sie zeigte anklagend auf Rita. »Sie hat Marie und mich einfach in diesen Kühlschrank eingesperrt!«

»Ganz davon abgesehen, dass sie illegale Schönheitsoperationen hier im Fitness-Studio durchführen lässt«, fügte Marie hinzu, bevor sie zweimal kräftig niesen musste.

»Gesundheit!«, sagte Kim und grinste. »Ganz schön kalt da drinnen, was? Die Erfahrung musste ich auch schon machen.«

»Hast du Kommissar Peters gerufen?«, fragte Franzi.

Kim nickte. »Na klar, was denkst du denn? Ich lass euch hier doch nicht verrotten.«

Rita runzelte die Stirn. »Was machst du denn hier, Kim? Sag bloß, du kennst diese beiden Eindringlinge.«

»Allerdings.« Kim holte eine Visitenkarte aus ihrer Hosentasche und reichte sie Rita.

»Gestatten: Wir sind die drei !!!, Detektivinnen aus Leidenschaft. Wir haben Ihr Studio schon eine ganze Weile im Auge. Es ist wirklich das Letzte, wie Sie Ihren Kunden das Geld aus der Tasche ziehen.« Kim erzählte Kommissar Peters von dem Schlank-und-Schön-Programm, das sie in Ritas Schreibtisch gefunden hatte.

»Das ist doch alles erstunken und erlogen!«, fauchte Rita und verschränkte die Arme vor der Brust. »Verlassen Sie auf der Stelle mein Studio! Diesen Unsinn muss ich mir wirklich nicht länger anhören!«

»Das ist kein Unsinn!«, rief Kim wütend. »Ich hab den Zettel mit eigenen Augen gesehen. Außerdem bin ich schließlich selbst ein Opfer des Programms geworden. Wenn ich nur an diesen schrecklichen Fitnesstest denke – ich war wirklich davon überzeugt, total unfit zu sein!«

Rita grinste hämisch. »Soll ich dir was verraten? Deine Werte waren so schlecht, dass ich sie kaum manipulieren musste.«

»Ha! Jetzt haben Sie sich verplappert!«, rief Franzi. »Sie haben die Werte Ihrer Mitglieder also tatsächlich manipuliert! Und was ist mit den Fitnessriegeln und den Diät-Shakes? Wir haben herausgefunden, dass das Getränkepulver jede Menge Zucker enthält und überhaupt nicht zum Abnehmen geeignet ist.«

Rita runzelte ärgerlich die Stirn. »Ich sage kein Wort mehr ohne meinen Anwalt.«

»Das ist Ihr gutes Recht«, sagte Kommissar Peters. »Am besten kommen Sie gleich mit aufs Präsidium, damit wir uns in Ruhe über alles unterhalten können. Mir scheint, hier liegt wirklich einiges im Argen.«

In diesem Moment öffnete sich die Tür zum Kosmetikraum und Chrissie stürmte heraus.

»Ich will sofort meine hundert Euro Anzahlung zurück!«, rief sie und baute sich wutentbrannt vor Ritas Schreibtisch auf. »Dieser blöde Arzt weigert sich, mich zu behandeln! Bloß weil ich noch nicht achtzehn bin! Dabei haben Sie mir doch versichert, dass ich die Botox-Behandlung auch ohne Einverständniserklärung meiner Eltern kriege!«

Herr Doktor Miesbach kam nun ebenfalls dazu. Er schüttelte ärgerlich den Kopf. »Das war das letzte Mal, dass ich mit Ihnen zusammengearbeitet habe, Frau Beckmann. Mir eine minderjährige Schülerin unterzujubeln, ist wirklich das Letzte. Wissen Sie eigentlich, in was für Schwierigkeiten ich dadurch geraten kann? So etwas kann mich meine Zulassung kosten!« Erst jetzt bemerkte er die beiden Polizisten und sah sie verwirrt an. »Nanu, was machen Sie denn hier? Sind Sie etwa auch wegen der Botox-Party gekommen?«

Bei der Vorstellung musste Kim kichern. Auch

Kommissar Peters schmunzelte. Er zückte noch einmal seinen Dienstausweis und stellte sich vor.

»Ich bin völlig unschuldig in diese Sache hineingerutscht«, beteuerte der Arzt. »Ich konnte schließlich nicht wissen, dass die junge Dame minderjährig ist.« Er nickte zu Chrissie hinüber, die schmollend vor Ritas Schreibtisch stand.

»Das wird sich noch herausstellen«, sagte Kommissar Peters. »Wir fahren jetzt alle zusammen aufs Präsidium, dort können Sie dann Ihre Aussage machen. Wenn ich bitten darf?«

Er hielt Rita und Doktor Miesbach höflich die Tür auf. Rita würdigte den Kommissar keines Blickes, während sie an ihm vorbei auf den Flur trat. Sie sah stinksauer aus.

»Puh, das ist ja gerade noch mal gut gegangen«, seufzte Kim, während die drei Detektivinnen dem Kommissar zu seinem Wagen folgten. »Als Rita euch erwischt hat, dachte ich, jetzt ist alles aus.«

»Ich auch«, gab Marie zu. »Ich hab ganz schön Angst gehabt, als wir in diesem winzigen Kabuff festsaßen.«

»Tut mir leid, dass ich beinahe alles vermasselt hätte«, sagte Franzi kleinlaut. »Wenn ich nicht die Nerven verloren hätte, wären wir bestimmt nicht eingesperrt worden. Aber ich wollte unbedingt Chrissie helfen. Dabei hat sie mich eiskalt verleugnet. Mich – ihre eigene Schwester!« Sie warf Chrissie einen wütenden Blick zu. »Das war das letzte Mal, dass ich versucht habe, dir zu helfen, du undankbare Ziege! Das nächste Mal kannst du dir von mir aus das ganze Gesicht wegoperieren lassen. Dein Gehirn haben sie dir ja offensichtlich schon amputiert!«

»Auf deine Hilfe kann ich verzichten!«, zischte Chrissie und zog sich ihre Mütze tief in die Stirn. »Wegen dir muss ich jetzt noch bis zu meinem achtzehnten Geburtstag mit dieser furchtbaren Falte herumlaufen. Mal ganz davon abgesehen, dass ich tierischen Ärger mit Mama und Papa bekomme, wenn die Sache rauskommt. Genauso wie du übrigens.« Bei dem Gedanken grinste Chrissie hämisch.

Kim sah, dass Franzi mal wieder kurz davor war, sich auf ihre Schwester zu stürzen, und sagte beschwichtigend: »Lass sie doch reden. Ich find's gut, dass du deiner Schwester helfen wolltest. Und die Hauptsache ist doch, dass alles gut ausgegangen ist.«

Marie nieste. »Abgesehen davon, dass wir uns in diesem eiskalten Lagerraum wahrscheinlich alle drei die Erkältung unseres Lebens geholt haben.«

Franzi grinste. »So ist das nun mal, wenn man

ein erfolgreiches Detektivteam ist. Der Einsatz erfolgt immer auf eigene Gefahr.«

In diesem Moment musste sie ebenfalls niesen und kurz darauf folgte ein lauter Nieser von Kim. Die drei Mädchen sahen sich an und prusteten dann alle drei gleichzeitig los.

Chrissie verdrehte genervt die Augen und murmelte: »Kinder!«

Auf Wolke Nummer sieben

Detektivtagebuch von Kim Jülich
Mittwoch, 14:33 Uhr

Du wirst es kaum für möglich halten, liebes Tagebuch, aber die drei !!! haben wieder einen Fall gelöst! Ich bin wirklich stolz auf uns. Wenn wir so weitermachen, werden wir noch die erfolgreichsten Detektivinnen aller Zeiten. Diesmal haben wir bei den Ermittlungen sogar unsere Gesundheit riskiert. Marie hatte leider recht mit ihrer Befürchtung: Wir haben uns nach dem Aufenthalt in Ritas eiskaltem Lagerraum alle drei eine dicke Erkältung geholt. Mich hat's am schlimmsten erwischt. Ich musste die letzten fünf Tage im Bett verbringen: Husten, Schnupfen, Fieber – die ganze Palette. Echt ärgerlich! Und das alles nur, weil die blöde Rita in ihrem Lagerraum keine Heizung hat!

Darum konnten wir unseren Erfolg auch noch gar nicht so richtig auskosten. Aber heute wird gefeiert, dass die Schwarte kracht! Um drei Uhr treffen wir uns zur Siegesfeier im Café Lomo. Ich kann's kaum erwarten, die anderen endlich wiederzusehen!

Mir ging's schon am Freitagabend auf der Fahrt zum Polizeipräsidium ein bisschen komisch. Ich hab mich gefühlt, als wäre ich in Watte gepackt. Alles ist irgendwie an mir vorbeigerauscht. Kommissar Peters hat Rita und Doktor Miesbach in verschiedene Räume gebracht, um sie getrennt voneinander zu verhören. Aber zuerst hat er unsere Aussagen aufgenommen. Er war sehr interessiert, als er hörte, was wir alles herausgefunden haben, aber auch ein bisschen sauer, weil wir ihn nicht früher eingeweiht haben.

Leider konnten wir ihn nicht von der völlig überflüssigen Idee abbringen, unsere Eltern zu informieren. Franzi und ich wollten eigentlich bei Marie übernachten. Ihr Vater war mal wieder übers Wochenende bei einem Außendreh, darum hätte normalerweise keine Menschenseele etwas von unserer nächtlichen Ermittlungsaktion mitbekommen. Aber der Kommissar blieb hart. Er faselte irgendetwas von Verantwortung und gewissen Regeln, die eingehalten werden müssen. Ich hab das nicht so genau mitgekriegt, weil sich da schon alles in meinem Kopf gedreht hat.

Unsere Eltern waren natürlich alles andere als begeistert, als sie uns schon wieder mitten in der Nacht bei der Polizei abholen mussten. Wenigstens kannten sie sich inzwischen, sodass längere Vorstellungsrunden entfielen. Kommissar Peters schüttelte allen die Hand, als wären sie alte Bekannte. Netterweise hat er auch meine Mutter ein bisschen beruhigt, die schon wieder kurz vorm Ausflippen war.

Franzis Eltern haben die Angelegenheit wesentlich gelassener genommen – wie immer. Sie waren hauptsächlich sauer auf Chrissie, als sie hörten, dass sie sich wegen ihrer dämlichen Stirnfalte fast unters Messer gelegt hatte. Oder besser gesagt unter die Spritze. Warum sind meine Eltern eigentlich nicht so cool?

Marie wurde vom Kommissar höchstpersönlich nach Hause gebracht, nachdem er mit ihrem Vater telefoniert hatte. Was für ein Service!

Mama wollte mir gleich eine Standpauke halten, als wir zu Hause angekommen sind. Aber ich war so müde, dass ich kaum noch die Augen aufhalten konnte. Da hat selbst meine Mutter gemerkt, dass mit mir etwas nicht stimmt, und mich ins Bett verfrachtet.

Tja, und da habe ich dann die letzten fünf Tage verbracht. Ganz schön unangenehm, so eine Grippe. Aber die Sache hatte auch einen Vorteil: Die Standpauke ist ausgefallen! Mama hat sich solche Sorgen gemacht, als ich plötzlich krank wurde, dass sie glatt vergessen hat, sauer auf mich zu sein. Stattdessen hat sie mir ständig frisches Obst und die neusten Zeitschriften ans Bett gebracht. Da könnte ich mich glatt dran gewöhnen!

Außerdem hab ich die Mathearbeit am Montag verpasst, die ich sonst garantiert wieder verhauen hätte. In letzter Zeit habe ich die Schule wirklich ganz schön vernachlässigt. Vor lauter Fitnesstraining und Detektivarbeit bin ich zu nichts anderem mehr gekommen. An meinem Kriminalroman habe ich auch seit Ewigkeiten nicht mehr weitergeschrieben. So wird das nie was mit meiner Karriere als berühmte und steinreiche Krimiautorin!

Aber das wird sich jetzt ändern. Ich habe mir fest vorgenommen, in Zukunft etwas regelmäßiger an meinem Krimi zu arbeiten – und wieder mehr für die Schule zu tun. Schließlich will ich mir nicht mein Zeugnis versauen. Außerdem ist Franzi in unserem Club für die schlechten Noten zuständig und den Posten will ich ihr nicht streitig machen.

Mist, schon kurz vor drei. Ich muss los! Die Siegesfeier ruft!

»Auf unseren vierten gelösten Fall«, sagte Marie und hob ihre Kakaotasse.

»Auf natürliche Schönheit ohne Diät-Shakes und Fitnesswahn«, fügte Franzi hinzu.

»Und auf den leckersten Kakao der ganzen Stadt«, sagte Kim und stieß mit ihren Freundinnen an. Sie trank einen Schluck Kakao und leckte sich danach genießerisch die Sahne von den Lippen.

»Mann, hab ich das vermisst!«, seufzte sie. »Ich frage mich wirklich, wie ich es so lange geschafft habe, auf ›Kakao Spezial‹ zu verzichten.«

Franzi grinste. »Wurde aber auch höchste Zeit, dass du wieder zur Vernunft kommst. Heißt das, dein Diätprogramm ist jetzt beendet?«

Kim nickte. »Von Diät-Shakes und Fitnessriegeln habe ich erst mal die Nase voll. Ich esse jetzt wieder alles, was mir schmeckt. Aber vielleicht versuche ich, mich in Zukunft ein bisschen gesünder zu ernähren und auf die eine oder andere Tüte Gummibärchen zu verzichten. Schließlich will ich mein neues Idealgewicht so lange wie möglich halten.«

»Heißt das, du hast mit den *Gym For You*-Produkten doch abgenommen?«, fragte Marie.

»Nein, das war wirklich rausgeschmissenes Geld.« Kim nahm noch einen großen Schluck Kakao. »Aber die blöde Grippe hat's gebracht. Ich hab in den letzten fünf Tagen ganze drei Kilo verloren.«

Franzi lachte. »Ich fass es nicht! Da rackerst du dich wochenlang ab, um abzunehmen, und schaffst es schließlich mithilfe einer stinknormalen Grippe.«

»Die neue Grippe-Diät – mit Husten, Schnupfen und Heiserkeit zum Idealgewicht!«, witzelte

Marie. »Vielleicht solltest du dich mit deinen Erfahrungen an eine Frauenzeitschrift wenden, dann wird die Grippe-Diät bestimmt der neueste Trend.«

»Danke für den Tipp, ich denk drüber nach.« Kim grinste. »Sagt mal, was haltet ihr eigentlich davon, wenn wir demnächst mal zusammen joggen gehen? Ich glaube, inzwischen kann ich halbwegs mit euch Sportskanonen mithalten.«

Franzi stöhnte. »Sag bloß, du bist doch noch im Fitnesswahn! So wie Chrissie, die dumme Kuh. Nachdem *Ritas Gym* kurzfristig schließen musste, hat sie sich sofort in einem anderen Studio angemeldet. Da rennt sie jetzt wieder jeden Tag hin und arbeitet an ihrem perfekten Körper.«

»Keine Sorge, den Fitnesswahn habe ich überwunden«, sagte Kim. »Ich hab das mit dem Training einfach viel zu verbissen gesehen. Aber ich bin in den letzten Wochen trotzdem wesentlich fitter geworden. Inzwischen macht mir Sport sogar richtig Spaß.«

»Kim hat ihre Begeisterung für körperliche Ertüchtigung entdeckt – wer hätte das gedacht«, frotzelte Marie. Aber dann wurde sie ernst. »Also, ich find's prima, dass du jetzt regelmäßig Sport machen willst. Wir könnten uns ja einmal pro Woche zum Joggen verabreden. Und hinterher machen wir noch ein bisschen Krafttraining in unserem Fitnessraum. Dann können wir es bald mit jedem Verbrecher aufnehmen. Und du sparst die Gebühren für ein teures Studio.«

Kim nickte. »Super Idee, ich bin dabei.«

»Ich auch«, sagte Franzi. »Sonst hängt ihr mich bei der nächsten Verfolgungsjagd noch ab. Aber ich mache nur mit, wenn ich mich nach dem Training bei einem ausgedehnten Saunabesuch in Maries Privatsauna entspannen kann.«

»Kein Problem«, sagte Marie. »Das lässt sich einrichten. Papa freut sich bestimmt, wenn unsere Sauna mal wieder regelmäßig genutzt wird.«

»Prima, dann hätten wir das ja geregelt«, sagte Kim und trank ihren Kakao aus. »Und weil wir in Zukunft so wahnsinnig viele Kalorien beim Sport verbrennen werden, kann ich mir ja jetzt glatt noch einen ›Kakao Spezial‹ gönnen.« Sie winkte die Bedienung an ihren Tisch, eine Studentin mit lila gefärbten Haaren.

Da ertönte eine Stimme hinter Kim. »Die nächste Runde übernehme ich! Vier ›Kakao Spezial‹ und viermal Kirschkuchen mit Sahne bitte.«

Die Bedienung nickte. »Kommt sofort!«

Kim drehte sich überrascht um und sah direkt in das Gesicht von Kommissar Peters. Er grinste.

»Hab ich mir doch gedacht, dass ich euch hier finde. Na, seid ihr alle wieder fit?«

Kim, Franzi und Marie nickten. Der Kommissar ließ sich neben Kim auf dem Sofa nieder. »Ich wollte euch nur kurz vom aktuellen Stand der Ermittlungen berichten. Ich dachte, das interessiert euch vielleicht.« Er zwinkerte den Mädchen zu. Franzi grinste. »Und ob!«

»Was gibt's denn Neues?«, fragte Marie. »Hat Rita gestanden?«

Kommissar Peters nickte. »Die Beweislast war einfach zu erdrückend, es blieb ihr gar nichts anderes übrig. Chrissie und Doktor Miesbach haben beide gegen sie ausgesagt. Außerdem haben wir in ihrem Büro belastendes Material gefunden. Daraus geht hervor, dass sie die Kunden des Studios bewusst manipuliert hat, um ihnen das Geld aus der Tasche zu ziehen. Außerdem war Chrissie offenbar nicht die erste Schülerin, der sie ohne Wissen der Eltern zu einem kosmetischen Eingriff verholfen hat. Und diese ›Dienstleistung‹ hat sie sich von den Mädchen teuer bezahlen lassen.«

»Bleibt das Studio jetzt geschlossen?«, fragte Kim.

Der Kommissar nickte. »Vorerst ja. Vielleicht findet sich ja bald ein anderer Betreiber, der einen seriösen Fitnessclub daraus macht. Denn eigentlich ist es ja eine gute Sache, sich in einem Sportstudio fit zu halten. Ich war selbst jahrelang Mitglied in einem Fitnessclub. Leider fehlt mir momentan die Zeit für regelmäßiges Training. Dabei müsste ich mich dringend ein bisschen mehr bewegen …«

»Sie können gerne bei unseren Joggingtreffs mitmachen, die wir demnächst regelmäßig veranstalten«, sagte Kim.

Kommissar Peters lächelte. »Danke, das ist sehr nett. Aber ich fürchte, mit euch Sportskanonen kann ich nicht mithalten. Übrigens habe ich im Zuge der Ermittlungen auch mit einer gewissen Mareike Schulte gesprochen. Sie hat im Fitness-Studio gearbeitet und ist offenbar für die Schmierereien an der Außenfassade verantwortlich. Kennt ihr das Mädchen?«

Kim nickte. »Mareike ist auch auf Ritas Schlank-und-Schön-Programm hereingefallen. Sie hat sich total verschuldet und musste ihre Schulden dann beim Studio abarbeiten. Darum hat sie einen richtigen Hass auf Rita entwickelt und alles daran gesetzt, ihre illegalen Machenschaften auffliegen zu lassen. Bekommt sie jetzt Ärger wegen der Graffiti?«

Der Kommissar wiegte den Kopf hin und her. »Schon möglich. Sachbeschädigung ist schließlich strafbar. Andererseits ist das Mädchen eigentlich schon genug gestraft. Ich werde sehen, was ich für sie tun kann.«

Die Bedienung trat an den Tisch und servierte Kakao und Kuchen. Beim Anblick des riesengroßen Stücks Kirschkuchen auf ihrem Teller lief Kim das Wasser im Mund zusammen.

»Vielen Dank für die Einladung, Herr Kommissar«, sagte sie, bevor sie sich einen ordentlichen Bissen Kirschkuchen mit Sahne in den Mund schob und genüsslich kaute.

Kommissar Peters nickte ihr zu. »Keine Ursache. Den Kuchen habt ihr euch wirklich verdient. Ohne eure Hilfe wären wir vielleicht nie hinter die kriminellen Machenschaften von *Ritas Gym* gekommen. Ihr habt da einiges ins Rollen gebracht.« Der Kommissar griff nach seiner Gabel und aß ebenfalls ein Stück von seinem Kirschkuchen.

»Was denn?«, fragte Franzi neugierig.

»Hinter *Ritas Gym* steht ein großer Konzern, *Gym For You*«, erklärte der Kommissar. »Die Firma stellt alle möglichen Schlankheits- und Fitnessprodukte her. Deren Qualität lässt allerdings ziemlich zu wünschen übrig, wie Analysen in unserem Labor ergeben haben. Die Inhaltsstoffe entsprechen nicht der gesetzlichen Vorschrift für Diätprodukte. Es fehlen einige wichtige Nährstoffe, stattdessen enthält das Pulver jede Menge Traubenzucker, der natürlich nicht gerade schlank macht. Außerdem wird auf der Packung mit dem Versprechen geworben, dass man in einer Woche sechs Pfund abnimmt, was natürlich völliger Humbug ist.« Der Kommissar schob sich noch eine Gabel mit Kirschkuchen in den Mund, bevor er fortfuhr. »Offenbar ist es die Strategie des Unternehmens, die minderwertigen Fitnessprodukte in den konzerneigenen Studios für teures Geld zu verkaufen. Zu diesem Zweck wurde ein ausgeklügelter Plan entwickelt, wie man die Mitglieder am besten manipulieren kann, damit sie möglichst viel Geld für ihre schlanke Linie ausgeben.«

»Ganz schön dreist«, stellte Marie fest. »Wird den Konzernbossen jetzt wenigstens das Handwerk gelegt?«

»Das will ich doch stark hoffen«, antwortete der Kommissar. »Bis jetzt weist die Geschäftsleitung allerdings jede Schuld von sich. Sie macht Rita für die Manipulationen verantwortlich. Angeblich hat sie ganz allein gehandelt. Aber das glaube ich nicht. Ich werde alles daransetzen, die Hintermänner zu überführen.« Er nahm einen Schluck von seinem Kakao und stand auf. »Ich würde gerne noch etwas mit euch plaudern, aber ich muss leider los. Die Pflicht ruft.«

»Schade«, sagte Marie. »Aber wir sehen uns ja bestimmt bald wieder.«

»Davon gehe ich aus.« Der Kommissar grinste. »Ihr könnt eure Finger ja doch nicht von den Verbrechern lassen. Aber das nächste Mal informiert ihr mich etwas früher, wenn ihr etwas Verdächtiges entdeckt, okay? Die Aktion am Freitagabend hätte nämlich auch ganz schön ins Auge gehen können.«

»Klar, machen wir«, sagte Franzi großzügig. »Wir halten Sie auf dem Laufenden.«

»Dann bin ich ja beruhigt.« Der Kommissar winkte ihnen zum Abschied zu und verschwand in Richtung Ausgang.

Marie sah ihm versonnen nach. »Kommissar Peters ist wirklich nett. Eigentlich sieht er auch gar nicht schlecht aus, oder? Schade, dass er nicht ein paar Jahre jünger ist ...«

Franzi kicherte. »Ich hör wohl nicht richtig! Sag bloß, du hast dich in den Kommissar verknallt!«

»Quatsch!« Marie wurde rot. »Ich bin überzeugter Single, das solltest du eigentlich wissen.«

»Tatsächlich?« Franzi grinste. »Ach ja, wo wir gerade von Singles reden: Stefan ist übrigens nicht mehr mit dieser Sonja zusammen. Die beiden haben sich vor ein paar Tagen getrennt.«

»Was?« Marie riss überrascht die Augen auf. »Und das erzählst du mir erst jetzt?«

»Wieso?« Franzi machte ein unschuldiges Gesicht. »Ich dachte, du bist überzeugter Single. Da kann es dir doch völlig egal sein, ob Stefan eine Freundin hat oder nicht.«

Kim kicherte. Manchmal konnte Franzi ganz schön fies sein. Sie schob sich das letzte Stück Kirschkuchen in den Mund. In diesem Moment fiel ihr Blick zufällig auf die Eingangstür und der Bissen blieb ihr beinahe im Hals stecken. Michi! Er hatte soeben das Café Lomo betreten und kam zielstrebig auf die Sofaecke zu.

»Seht mal, da ist ja Michi!«, sagte Franzi, die ihren gemeinsamen Freund ebenfalls entdeckt hatte, und winkte ihm zu. »Hey, Michi, willst du auch einen Kakao? Wir feiern gerade unseren neuesten Ermittlungserfolg!«

Michi ließ sich neben Kim auf das Sofa fallen und öffnete den Reißverschluss seiner Winterjacke. »Super, da komme ich ja genau richtig! Ich wollte euch nämlich zum gelösten Fall gratulieren. Dann hat euch meine Analyse also tatsächlich weitergeholfen?«

Marie nickte. »Und wie! Ohne deine Ergebnisse wären wir Rita nie auf die Spur gekommen. Vielen Dank noch mal!«

»Gern geschehen.« Michi lächelte und Kim

merkte, wie sie weiche Knie bekam. Gut, dass sie auf dem Sofa saß, so konnte sie wenigstens nicht umkippen.

»Wie man hört, bist du ja in letzter Zeit ziemlich beschäftigt«, sagte Franzi und grinste anzüglich. Kim warf ihr einen warnenden Blick zu. Sie hatte nicht die geringste Lust, noch mehr Rotkäppchen-Schwärmereien über sich ergehen lassen zu müssen. Aber Franzi achtete nicht auf Kim, sondern plauderte munter weiter. »Willst du uns deine neue Freundin nicht mal vorstellen? Man könnte fast meinen, du versteckst sie vor uns. Dabei sind wir doch alle schon so neugierig!«

Kim stöhnte innerlich. Franzi kapierte mal wieder überhaupt nichts. Warum musste sie unbedingt auf dem Thema herumreiten?

Michi machte ein erstauntes Gesicht. »Wie bitte? Was für eine Freundin meinst du? Ich habe ehrlich gesagt keine Ahnung, wovon du redest!«

»Na, von dem Mädchen mit der roten Mütze, mit der du letztens durch die Gegend gelaufen bist.« Franzi zwinkerte ihm zu. »Sie sah ganz schön gut aus. So ein superschlanker Model-Typ mit ziemlich auffälligen Klamotten.«

»Ach so, jetzt weiß ich, wen du meinst!« Michi lachte. »Das war nicht meine Freundin, sondern meine Cousine Katja.«

»Deine *Cousine?*«, entfuhr es Kim und sie starrte Michi ungläubig an.

Michi nickte. »Sie war letzte Woche mit meiner Tante zu Besuch. Ich sag's euch, das war der totale Horror! Katja hat ständig nur von den neuesten Klamottentrends, Schminktipps und Idealdiäten geredet. Also, wenn ihr etwas über diese Themen wissen wollt, fragt einfach mich, ich bin jetzt der absolute Experte.«

Marie und Franzi lachten. Kim war noch nicht nach Lachen zumute. Diese Neuigkeiten musste sie erst mal verdauen.

»Außerdem hat sie einen richtigen Abnehmtick und zählt jede Kalorie, die sie zu sich nimmt«, fuhr Michi fort. »Da kann einem echt der Appetit vergehen. Dabei ist sie sowieso schon so ein dürres Klappergestell und sieht total verhungert aus. Ich frage mich wirklich, was daran schön sein soll!«

»Tja, jedem das seine«, sagte Franzi philosophisch.

Inzwischen hatte sich Kim wieder einigermaßen gefangen. Sie schüttelte verwirrt den Kopf. »Aber von wem hast du mir denn dann neulich in der Stadt vorgeschwärmt?«

»Von meinem neuen Mofa natürlich«, sagte Michi und sah Kim überrascht an. »Was hast du denn gedacht?«

Kim hatte es erst einmal die Sprache verschlagen. Sie wusste nicht, ob sie lachen oder weinen sollte. Michi hatte also die ganze Zeit nur von seinem Mofa geschwärmt! Und sie hatte gedacht, er würde von seiner neuen Freundin reden! Das war wirklich oberpeinlich. Wie hatte sie nur so blöd sein können? Zum Glück wandte sich Michi jetzt an Franzi und Marie, sodass ihm Kims Verwirrung nicht weiter auffiel. »Ich hab's nämlich endlich geschafft, genug Geld für eine gebrauchte Maschine zusammenzusparen«, erzählte er stolz. »Eigentlich wollte ich ja Stefans altes Mofa kaufen, aber das war leider zu teuer. Jetzt hab ich eins über eine Zeitungsannonce gefunden. Es ist knallrot und schnell wie der Blitz.«

»Toll, herzlichen Glückwunsch!«, sagte Marie. »Das hört sich ja echt gut an.«

Michi stupste Kim mit dem Ellbogen in die Seite. »Hast du Lust, mal eine Runde mitzufahren? Mein neues Mofa steht direkt vor der Tür.«

Kims Herz schaltete sofort auf Turbogang. Obwohl in ihrem Bauch jede Menge Schmetterlinge herumflatterten, versuchte sie, möglichst gelassen zu klingen. »Klar, warum nicht?«

Michi sprang auf und strahlte Kim an. »Prima! Dann nichts wie los!«

Kim griff nach ihrer Jacke. »Ist es okay, wenn

ich mit Michi eine Runde um den Block drehe?«, fragte sie Franzi und Marie. »Bin gleich wieder da.«

»Kein Problem, lass dir Zeit«, antwortete Franzi großzügig. »Wir kommen schon klar.«

Marie grinste und zwinkerte Kim zu. »Viel Spaß!«

Kim merkte, wie sie rot wurde, und drehte sich schnell um. Während sie hinter Michi zum Ausgang lief, fühlte sie sich plötzlich ganz leicht. Michi und sie hatten also immer noch eine Chance! Kim lächelte. So glücklich war sie schon lange nicht mehr gewesen.